Les Bûchers du Paradis

Du même auteur :

Roman

Lettre de Guillaume à sa cousine Hortense, 2004
Quand le vin est tiré, 2007
Le Secret de Font-Clare, 2007
Lumière Fauve, 2008
Les lauriers sont coupés, 2009
La promesse, 2009
Envers du désir, 2010
La face cachée d'Émile Lafont, 2010
Écrire un livre, 2011
Fukushima, mon amour, 2011
La malédiction de la Saint-Jean, 2012
Le Pont des Illusions, 2012

À venir

Le Miracle, 2013

www.tdo-editions.fr
email : infos@tdo-editions.fr
ISBN : 978-2-36652-028-6

Gérard Raynal

Les Bûchers du Paradis

Collection Histoire du Sud

Plan du périple des habitants de Durban des Corbières en Pays Cathare

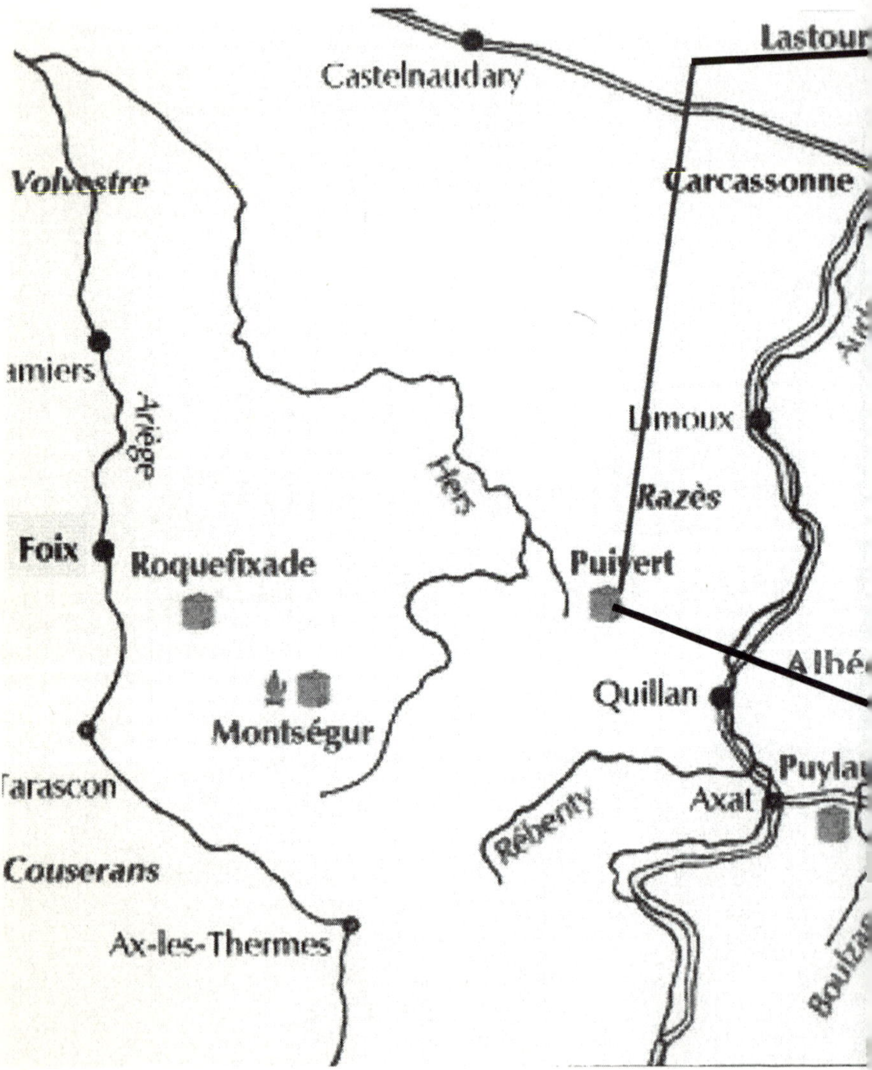

Montagne Noire
Minerve
Minervois
Cesse
Lézignan
Narbonne
Orbieu
Durfort
Villerouge
Thermes
Dufort des Corbières
Peyrepertuse
Aguilar
Golfe
du Lion
Salces
Quéribus
Maury
Perpignan
Têt

Contexte historique

Nous sommes au treizième siècle

La France est en guerre contre les Anglais. Son roi, Philippe Auguste (grand-père de saint Louis), n'a pas le temps de se tourner vers les comtés du sud. Pourtant, un phénomène religieux s'y développe à grande vitesse, qui ne cesse d'attirer à lui, en plus du petit peuple, les seigneurs et les nobles. Depuis son concile organisé à Saint-Félix de Caraman (Corbières) en l'an 1167, l'Église Cathare, puisque c'est d'elle dont il s'agit, est structurée, avec ses rites, son dogme et son clergé composé de « Bons-Hommes » et de « Bonnes-Femmes ». Elle met en péril l'autorité des prélats catholiques. À Rome, le nouveau pape Innocent III, frustré par l'échec de la quatrième croisade – qui n'a pas réussi à atteindre la Terre Sainte, une véritable vexation pour les catholiques - décide de purifier la chrétienté. Sa cible : l'hérésie cathare. Le diable incarné.

Pour comprendre cette vision qu'en avaient les catholiques, il faut expliquer que les cathares prêchaient l'amour et la tolérance, la pauvreté et l'abandon de toutes choses matérielles. Dans leur croyance, la création du monde revenait au Malin, et la mort seule, savait libérer l'âme de sa diabolique geôle de chair.

Inadmissible pour les catholiques ! La réaction de l'Église romaine s'avérera très violente.

Amiel Estanhol, « Bon-Homme » Cathare, était encore enfant lors des premiers affrontements ; il vécut douloureusement l'exode de sa famille et les drames qui s'y rattachèrent.

Trente-cinq années plus tard, tandis que l'armée royale met lentement en place, sous ses yeux, le siège de Montségur, encore sous le choc, il revit en souvenir ces terribles événements.

Prologue

Amis, puisse Dieu me pardonner de remuer en vous les démons du passé, puisse Dieu me pardonner ! Je suis un vieil homme fatigué, revêtu de noir comme les miens, et comme eux, si proche de la fin. Mon regard se porte en arrière, sur une route jalonnée d'épreuves, une route longue et douloureuse, semée de peine et de désillusion. Lors, resurgissent dans ma mémoire, les paysages de mon enfance.

Dieu, que je les aimais mes Corbières, ce pays écrasé de lumière où les luisances du soir exacerbaient nos âmes ! Dieu, que je les aimais ! Mais le lien invisible qui nous y arrimait n'a pas résisté à la bourrasque immense du malheur. Des cités détruites et des innocents condamnés, amis, j'en ai vu plus que mon lot. J'ai croisé des armées infâmes marchant sur de misérables bastides ; et sur combien de bûchers, ai-je pleuré ? Depuis l'année maudite mille deux-cent-neuf et l'ignoble massacre des habitants de Béziers par les croisés du pape, les malheurs n'ont cessé de s'abattre sur notre pays. Mais de cela, nous reparlerons. Aujourd'hui encore, trente-quatre ans après, l'armée royale s'est substituée à celle des catholiques, et l'ennemi continue à nous asservir. La croisade est devenue une guerre de conquêtes. L'inquisition nous pourchasse plus que jamais, nous les ministres de la vraie foi, et il ne nous reste que très peu de refuges. Je suis devenu, vous l'aurez compris, un prêtre de cette si belle religion cathare, un « Bon-Homme », ainsi qu'on a coutume de nous appeler.

Je vis maintenant en ce Castel de Montségur, où l'on se sent si proche du paradis, qu'on en oublie la guerre et la terreur. C'est une belle citadelle, fraternelle aux déshérités. Unis les uns aux autres, soudés en un corps indissoluble, nous y demeurons, le cœur tourné vers le « Très Haut ».

Au-dessus de nos têtes, un ciel de bleuet étend à l'infini son linceul immaculé. « Bons-Hommes » et « Bonnes-Femmes » ont dans le regard des éclairs de joie. Parfois, ma tête se charge de mille images de mon jeune âge, un temps où la sagesse n'avait pas encore façonné mon âme. Elles me parlent de cette époque lointaine où, pour nous, commença la *meschance*.

Mes souffrances, je vous les conterai amis, non pour vous faire larmoyer, mais afin que vous sachiez qui nous étions.

Chapitre I

Imaginez une contrée rocailleuse et d'immenses plateaux qui surplombent une plaine de tendres pâtis… Imaginez une montagne coiffée d'écume aux jours d'hiver, et à ses pieds, une infinité de petites collines vertes de cistes, jaunes d'arnicas et blanches de calcaire, qui se marient au loin à la ligne claire de l'horizon. Songez à une rivière poissonneuse, limpide et belle, tumultueuse parfois, qui serpente entre des colonnades de saules ou de tendres bouleaux. Songez à une forêt profonde, dense et noire, à des pâturages, à de minuscules vignes agrippées aux rochers, et vous commencerez à le connaître mon pays, amis. Ce monde est fait de vent, d'un vent violent qui roule les chardons et les jette d'un galop furieux contre les moutons paissant sur les glacis, d'un vent qui rabote les êtres et purifie les âmes. Mettez sur les hauteurs de belles forteresses et des bastides enserrées dans des habits de pierres, par-ci, par-là posez quelque opulent *monstier*, et vous saurez !

En ce temps-là étaient des paysans, des marchands, *regrattiers* et ambulants, des soldats, des troubadours. En ce temps-là la guerre dévorait la paix, et la paix chassait pareillement la guerre. À la bonne saison, envahis par la douceur, les monts se chargeaient de parfums enchanteurs ; d'ailleurs, j'ai toujours en moi ces senteurs délicieuses de thym, de lavande, de romarin. Aux soirs de détresse, elles me reviennent capiteuses.

Maintenant amis, c'est du village de mon enfance que je vais vous parler. On le nommait Durban des Corbières. Nous y vivions en intelligence avec la terre, mangeant ce qu'elle savait produire et lui offrant notre besogne, notre peine, nos espoirs. Nous aimions tant ses venelles et ses placettes taillées à même la pierraille, que jamais nous n'avions songé à les quitter. Jamais ! L'été, le soleil écrasait tout. Les maisons étaient minuscules. Quant aux ruelles, à cause de leur étroitesse, nul ne pouvait sortir de chez lui, sans heurter de son chef le mur d'en face. Pourtant, avant que ne vienne la terrible épreuve, notre cité nous était un véritable paraclet.

Notre maître, le Comte Bernard de Durban, nous traitait comme un père sa famille. C'était un petit Seigneur, le plus petit je crois, de toutes les Corbières. Sa fortune n'était pas bien grande, son territoire ne dépassait guère les premiers coteaux et, pour le garder, il ne disposait que de quelques sergents vieillissants, et d'une poignée de *faidits* désargentés. Vassal indirect de Trencavel, par l'entremise des Comtes d'Aguilar, Bernard devait assistance à Carcassonne. C'est à cause de cela qu'il se trouva sans défense, lorsque la chienlit s'abattit sur le pays. Car ce qui advint, mes amis, fut pire que la foudre, que les maladies les plus graves, que la lèpre même !

Du haut de son modeste castel, Bernard embrassait la vallée et les monts. De sa voix forte, j'ai gardé en mémoire les intonations joyeuses que jamais n'altéraient ni la crainte ni le désespoir. Dieu, qu'il était brave Bernard de Durban ! Parfois, l'esprit de notre seigneur s'égarait sur les *« Escoumes »*, son terrain de chasse favori. Nul n'ignore aujourd'hui que ses pensées allaient vers

Amaury son fils unique et chéri, parti en terre Sainte afin d'en ramener gloire et richesses ; las, une pique ennemie perfora la poitrine de ce preux, et seul le trépas lui donna rendez-vous.

N'étant pas encore de ce monde au temps maudit de sa disparition, je n'ai pas souvenance de ce brave. Pourtant, dans les rues de Durban on ressentait si fort sa présence, que j'ai l'impression encore maintenant, d'avoir partagé ses jeux.

J'ai souvent entendu raconter un courre fameux dont les anciens causent encore. Cela se passait à l'automne mille deux cent, je crois... il y a de cela de nombreuses années. Amaury et les siens coursaient un vieux *sengler*, un « quartanier » sans doute, qui se jouait d'eux, se forlongeait à leur approche et chaque fois disparaissait dans les halliers. La bête était belle et forte, la plus forte qu'ils aient jamais connue. Elle étripa sans vergogne plus d'un limier et surtout Maurin, le fidèle alezan, dont le Seigneur Bernard avait fait son indispensable compagnon de vénerie.

Plus d'une fois, ils perdirent le *sauvage*, mais grâce aux brisées qui marquaient le chemin, aux fumées, aux récris de la meute chasseresse, ils ne manquaient jamais de repérer sa voie. Le jeu, car à entendre les piqueux, il s'agissait d'un jeu, se renouvela tant et tant de jours, que tout le pays se mobilisa afin d'abattre l'animal. *« Énorme ! »* s'extasiaient les valets de chiens de retour au village. *« Surnaturel ! »* ajoutaient les arbalétriers dont la propension à trouver prodigieux tout ce qui sort de l'ordinaire, est connue de tous. Les chasseurs inspectèrent les coulées, visitèrent les reposées habituelles où l'animal se remisait, fouillèrent les bauges fangeuses. Le coteau résonnait d'abois, de hourvaris magnifiques, de grognements puissants semblables à des coups de tonnerre, de galops effrénés. Ivre de colère, mais prêt à tout tenter pour en rester le maître, le *« sengler »* refusait de quitter son domaine. Ça, Amaury le savait, et c'était pour cette raison qu'il le voulait ce « gros groin » du Diable, pour cette seule raison ! Au matin du sixième jour, l'animal se tenait sous un couvert, les longues randonnées l'avaient épuisé ; son heure venait, il le savait, son heure venait. *« Va hi, va hi ! »* criait le jeune seigneur à ses « braques » fatigués. Et ils y allaient les aboyeurs, ils y allaient, fièrement, le museau dans la poussière, le fouet relevé, suivant la voie. Alors, l'animal repartait, par défi. *« Ça revaut, ça revaut »*, hurlaient les piqueux. Mais à vespres, harassé, l'animal se remisa, pantelant ; son souffle court faisait frémir la feuillée. Les chiens se préparèrent alors à l'hallali et à la curée, qu'inévitablement on leur octroierait. Seulement armé d'un coutelas et de sa légendaire hardiesse, Amaury, le vaillant Amaury, défia la bête. Il en sortit victorieux, malgré de graves blessures aux jambes et au ventre. L'animal se défendit longtemps avec courage, puis, enfin décidé à accepter la mort, il s'affaissa, et dans un râle, expira.

Après la disparition du fils aimé de notre cher Bernard, les jours noirs se sont succédé à Dufort, mais de ces choses-là, je reparlerai plus tard, mes bons amis, lorsque viendra le temps de tout vous dévoiler.

Chapitre II

Montségur, novembre 1242

Mon regard s'égare sur la plaine, par-delà les vallées, vers le pays d'Olmes. Tout est silence, tout est quiétude. Un ciel crémeux comme un blanc-manger accroche des nuages au sommet des montagnes. Le pays à mes pieds est immense ; de ses limites je ne vois guère qu'une ligne bistre de plateaux si éloignés de nous, que trois jours de galop ne pourraient nous y mener. Les saisons le peignent d'ocre, de blanc ou de vert, mais quelle que soit l'intensité du jour, je sais reconnaître les villages, les collines, les forêts.

Le « pog » couche son ombre gigantesque sur le « Lasset » qui roule des eaux claires, de rocher en gravière, de cascade en lits moussus. Des monts gigantesques nous couvrent de leur présence généreuse. Ils se nomment Bidorte, Frau, Saint-Barthélemy. Eussent-ils été témoins de ma naissance, je ne les aurais pas aimés avec plus de ferveur. Toujours leur tête nous regarde, paternelle, amicale. Tant de splendeurs exaltent mon être.

La nature, vous le savez amis, recèle quelques mystères, et sa beauté m'interpelle ; la chaleur de l'astre Roi, la sublime douceur des couleurs, l'étrange trille des oiseaux en partance, le regard maternel d'une garenne en gésine, me posent d'insolubles problèmes. Je sais que Diable en est le créateur… mais que dis-je, ces choses-là, vous ne les possédez pas encore.

J'ai si souventes fois traversé des paysages enchanteurs, que mon être s'émeut à se les remémorer. Le ciel me parle à l'occasion, en se peignant de teintes plaisantes à contempler, et moi, pauvre de moi, j'y lis la cause de notre infortune. Par bonheur, en haut de ma montagne aimée, je ressens une incommensurable attirance pour Dieu. Mon être entier frissonne à la pensée qu'un jour, auprès de lui je monterai. Car amis, il n'est de désir plus fort que le désir de sainteté. D'ailleurs, que peuvent la souffrance, le malheur ou même la mort, contre cet inestimable cadeau qu'est l'éternité ?

Agenouillé sur une roche plate, je remercie le Tout Puissant de m'accorder tant de joies. Parfois il me répond, en emplissant mon cœur de son souffle saint. Montségur est sa forteresse, son rempart contre le Diable ; on y sent sa présence, une présence presque palpable, qui vous pénètre, et vous transporte de bonheur.

Le froid de novembre mord cruellement ma peau. J'accepte cette souffrance, elle me permet de racheter mes fautes.

Vous vous demandez sans doute comment l'enfant des Corbières que j'étais, est devenu « Bon-Chrétien ». Je vous le raconte ici. La flamme divine commença à éclabousser mon âme, au cours de mon jeune âge. Et si au pied d'un effroyable bûcher dont nous reparlerons amis, je pris la décision de me consacrer à Dieu, très tôt, au début de notre exode, lors de ma rencontre avec Thibaud de Bayrac, un solitaire cathare, je compris que le Très-Haut allait illuminer toute ma vie. Thibaud restera toujours en mon cœur, comme un cadeau de la providence…

Nous traversions une profonde forêt au pays de

Miracla, et Bernard Sermon, vous savez amis, cette belle contrée entre Peyreperthus et Quillannais, c'était il y a bien longtemps, aux jours noirs de notre exode… Mais soyez patients, nous y reviendrons plus tard, au gré de cette histoire…

Je vais vous quitter maintenant, car la cloche de l'oraison a sonné, et rien au monde ne saurait me faire manquer l'homélie de Bertrand Marty notre évêque. Ah ça non, rien au monde !

Tantôt, je vous entretiendrai en témoignage de ce que nous avons vécu, de nos malheurs, de nos larmes, de nos joies, de notre foi en l'Église des purs.

*

Nous sommes le vingt-cinquième jour du mois de décembre de l'an mil deux cent quarante-deux.

Ce matin, Bertrand Marty nous a vivement exhortés de ne jamais céder à la haine, cette pieuvre malfaisante qui ronge les âmes. Il se tenait sur une estrade de bois, le cou rigide, les bras tendus vers nous, presque à nous colleter. Son corps flottait dans son manteau de toile noire. L'ascèse le rongeait tel un animal sauvage sa proie. Au gré de ses silences, ses yeux adamantins nous parlaient aussi bien qu'un long prêche. Ses mots nous pénétraient telle une subtile nourriture, et nous les gardions en nous, afin de les ressasser plus tard dans l'intimité de nos masures.

Tous étaient là, du plus ancien des « Bons-Hommes » au plus modeste des gens d'armes : Péreille, Seigneur de Montségur, Raimon Agulher, évêque du Razès, Pons Aïs, le meunier, Peyre Bonnet, le diacre de Toulouse, Mathieu, Guillaume Peyre, Raimon de Saint Martin, le diacre du pays d'Olmes, les « Bonnes Dames » Rixende Donat, Guiraude de Caraman, Ermengarde d'Ussat, Marquésia Hunaut de Lanta, Saissa de Congost… Se trouvaient également à nos côtés, les chevaliers Bertrand de Congost mon ami, Jourdain du Mas, Raimon de Massabrac, Arnaud Roger de Mirepoix le chef de garnison, Guillaume de Plaigne, Guiraud de Rabat, Guillaume Lahille, mon chevalier préféré ; puis encore Philippa de Mirepoix, Corba et Esclarmonde de Péreille, Faye de Plaigne, le jeune Esquieu, le domestique Peyre Ferrer, Arnaud Rouquier le médecin, et son épouse Arnaude, tous assoiffés de Dieu.

D'autres participants que je ne saurais nommer tant nous étions légion, se pressaient eux aussi dans la cour de Montségur, transis de froid, mais heureux et exaltés… La souffrance n'extrait-elle pas de l'âme sa plus noble substance ?

En cette célébration de Noël, notre prière unanime s'éleva j'en suis sûr, jusqu'au ciel ! Vu la tournure des évènements, nous savions qu'un tragique événement surviendrait bientôt, qui changerait notre vie. Il fallait se préparer à d'insoutenables épreuves, à la mort, sans doute !

Je revis dans un songe, le perfide bûcher auquel le malheur me convia un jour, et qui dévora ceux que j'aimais le plus au monde. Je revis les flammes orangées, et entendis le chant pathétique de nos pauvres martyres.

C'était il y a près de trente-cinq années !

*

Le vieil Armengaud de Lussac, mon compagnon de case, se meurt en sa couche. Que la joie soit en lui, et puisse son âme atteindre la sphère d'éternité ! Dans son regard clair, je lis une énorme détermination, et beaucoup d'amour. S'il pouvait parler, il me dirait sa joie. Peut-être voit-il déjà la porte du Paradis. Peyre Sirven le diacre, Rixende de Teilh, la supérieure des « Bonnes-Dames », et une multitude de croyants, sont venus assister à sa

« consolation », célébrée par le « Bon-Homme » Raimon de Saint-Martin. Agenouillés à même la terre humide de notre pauvre cassine, ils entourent mon frère. L'oraison, récitée par toutes ces bouches d'où s'échappe, mêlée aux mots, une vapeur épaisse, flotte dans le soir de Montségur. Armengaud dilapide en priant ses dernières forces. Pourtant, son visage bleui de froid ne laisse transparaître ni la douleur, ni la crainte. Sa barbe, collée de salive et d'humeurs, tressaute doucement au rythme de la prière.

Dans un coin, fixée à la roche, une torche allumée lutte contre les courants d'air. L'absence d'Armengaud sera lourde à porter, il était si bon, si doux ! *« Père, accueille ton serviteur dans ta justice et envoie sur lui ta grâce et ton Esprit Saint »*, conclut Raimon de Saint-Martin, au terme d'une cérémonie si pieuse, qu'elle restera à jamais gravée dans ma mémoire. Nous nous inclinons alors, dans un « meilhorer » déférent. Armengaud est sauvé, son âme pourra quitter enfin ce corps qui la retenait prisonnière.

Dieu que nous l'envions !

Tout à l'heure, Pons Azaïs le boulanger, nous a remis notre portion de farine. La mienne profitera à quelque paysan malade ou à un enfant mal nourri.

Mais revenons au début de notre histoire, amis…

Chapitre III

Durban des Corbières, juillet 1209

Ils étaient deux « Bons-Chrétiens », pauvrement vêtus, sales et amaigris, à franchir la poterne. À l'imitation des autres villageois, je me suis incliné sur leur passage. Une femme pleurait. Un homme s'est jeté à leur pied. Le plus vieux d'entre eux a prononcé des mots dont je n'ai plus le souvenir, mais qui, je puis l'assurer, ont semé dans le cœur des paysans de Durban, des graines de bonheur. Ils n'eurent pas à mendier, le pain et le pâté de poisson leur furent servis sans hésiter. Bientôt, on fit cercle autour d'eux, par curiosité, mais surtout par amitié et conviction. Ils parlèrent de l'host catholique, cette armée hideuse qui fonçait sur nous. Dans leurs yeux brûlait une flamme étrange faite de joie, mais aussi de tristesse. Ils nous implorèrent de conserver notre foi en Dieu.

— Mais frères, que nous arrivera-t-il si Trencavel notre bon Seigneur ne peut les arrêter à Béziers ? demanda Guillemin, un brave moutonnier.

D'une voix singulièrement calme, le plus jeune des « Bons-Hommes » lui répondit :

— Il ne nous arrivera rien qui ne soit voulu de Dieu. Croyez en lui et le malheur ne vous atteindra pas.

— Ceux qui croient en la religion des purs, notre

religion, ne craignent personne, renchérit l'aîné, ni les grands, ni les puissants, car rien ne les attire plus que la mort. Pauvreté et abnégation sont leur quotidien, et celui qui s'engage avec eux sur la route bénie de la sainteté ne connaît jamais la mauvaise souffrance. En ces temps où la haine triomphe, préférez l'amour mes amis, ainsi la flèche empoisonnée de la corruption et du vice ne vous atteindra pas.

Peu à peu, la foule grossissait et au moment où les « Bons-Chrétiens » achevèrent leur prêche, je crois que presque tout les villageois se trouvaient là.

Un peu plus tard, le Seigneur Bernard fit quérir les deux prédicateurs afin d'entendre de leur bouche les nouvelles ramenées du Biterrois. Bien sûr, je ne pourrais retranscrire ce qu'ils se dirent, mais il est certain qu'ils parlèrent de l'infâme croisade. Je me permets d'avancer cela, car à compter de ce jour, l'attitude de notre cher Comte changea de façon manifeste.

*

Maintenant, amis qui me lisez, je tiens à vous parler de ma tante, la Guillotte, et de moi-même, pauvre enfant du malheur. J'avais huit ans quand tout a basculé ! Par les campagnes, le bruit se répandait que l'host Catholique s'apprêtait à descendre sur nous. Malgré cela, père et mère avaient pris le chemin de Béziers. Commerçants, ils couraient de marché en marché, afin de négocier les pièces de « Passementerie » que ma mère, la bonne Ermessinde, préparait avec un soin infini. On disait dans la région que ses « œuvres » ornaient les habits des rois. Et c'est vrai qu'elles ne manquaient pas d'allure les dentelles de ma mère !

Guillotte, la sœur de mon père - dont chacun connaissait les dons de nécromancienne -, les avait informés du danger d'entreprendre un tel voyage : *« La mort, je vois la mort partout, le sang et le feu… Ayez crainte, car le malheur vient, oui, le malheur vient… ».*

Les miens avaient ri de telles divagations.

Jamais je ne les revis. Ils périrent avec tous les habitants de Béziers sous les coups des croisés du pape ou dans l'incendie qui détruisit la ville. Après le drame, Guillotte s'occupa de moi aussi bien qu'elle le put, mais la brave femme n'ayant aucunement l'esprit maternel, je me tournai bientôt vers d'autres tendresses… Je me tournai vers Dieu !

Des années plus tard, de passage à Montségur, Peire, un troubadour à qui un pénitent présent sous les murs de Béziers avait raconté le massacre, me le restitua. Ce fut déchirant, mais ce récit eut tout de même le mérite d'exorciser en moi l'épouvantable obsession de l'inconnu. Maintenant, je devine mes chers disparus dans *« l'autours »* qui survole parfois le « pog » de Montségur, ou dans la litorne dorée frôlant ma case. Car nous croyons, nous, les instruits de la religion cathare, que l'âme des disparus se réincarne dans un corps d'homme, ou même dans celui d'un animal.

*

La destruction de la cité Biterroise causa, vous vous en doutez amis, un grand désarroi chez tous les habitants des Corbières ; dans mon cœur d'enfant, elle s'inscrivit en lettres de sang. D'autant que cette ville réputée imprenable était tombée entre les mains des croisés d'une étrange et regrettable façon. En effet, toujours selon le petit troubadour, voulant profiter d'un certain flottement chez les assaillants, dû à l'installation du bivouac, les défenseurs tentèrent une sortie. Hélas, dans leur empressement, ils omirent de fermer la porte de la ville, et permirent ainsi à l'ennemi d'y pénétrer, et d'y semer la terreur. Les catholiques frappèrent à mort tout ce que Béziers comptait d'habitants, et brûlèrent les maisons. Le premier verrou qui devait protéger nos régions méridionales avait cédé sans la moindre résistance.

Notre Dieu de justice nous avait-il abandonné ?

L'absence des miens me plongea dans une nuit tissée de désespoir. Guillotte dont les pouvoirs étaient notoires, composa maintes recettes magiques afin que vienne l'oubli, mais son art n'eut guère d'effet sur moi. Voyant que ses « simples » n'obtenaient pas le résultat escompté, elle invoqua Dieu, les Anges, la Vierge Marie et saint Joseph. En vain, je dois l'avouer…

Ces terribles événements firent sur les gens de Durban, l'effet d'un vaste ouragan. Des jours durant, je vis des hommes se rouler par terre en s'arrachant les cheveux, ou lever vers le ciel un poing vengeur. Partout, des habitants hurlaient de douleur, pendant que nombre d'autres s'effondraient dans des recoins noirs en sanglotant. Tous avaient un ami, un frère, un parent, dans la ville martyre.

*

Un soir, après la tragédie de Béziers, Guillotte reçut la visite de deux missionnaires cathares, d'une extrême maigreur (j'appris par la suite que les adeptes de cette religion pratiquaient trois longs jeûnes au cours de l'année, et en particulier celui dont ils sortaient à peine, et qui s'étalait de la Pentecôte à la fête des deux Apôtres Peyre et Paul). Il s'agissait de Pons Ausina, la chevelure embrouillée et la barbe couleur de « freux » et de Maury Brasillac, son fils majeur, qui couraient les Corbières dans le but d'organiser la contre-Église, face à la croisade qui déferlait sur elle.

Ma tante leur adressa la formule rituelle :

— Oyez bons chrétiens, donnez-moi la bénédiction de Dieu et la vôtre. Priez pour moi, afin qu'il me garde de la malemort, et qu'il me conduise à bonne fin entre les mains des fidèles chrétiens.

Relevant un peu sa robe de toile garnie de pendeloques brillantes, Guillotte s'inclina par trois fois. *« Pour les adorer »*, disait-elle.

Le plus âgé lui donna le répons :

— Recevez la bénédiction de Dieu et la nôtre. Dieu vous bénisse, arrache votre âme à la malemort et vous conduise à bonne fin.

Puis il s'approcha de moi, passa une main dans mes cheveux, et demanda :

— C'est lui, le petit dont vous m'avez parlé ?

— C'est lui, fit Guillotte.

— Sait-il le malheur qui le touche ?

— Las, il sait.

Et Pons de conclure :

— Pauvre enfant !

Le « Bon-Chrétien » me regarda tendrement et me serra fort contre lui.

— Courage, mon garçon, aie du courage et aime Dieu, le bonheur reviendra en ton cœur…

Je n'entendais pas grand-chose à ces mots, pourtant ils installèrent en moi une sorte de paix salutaire. J'avais quelquefois entendu les « Bons-Hommes », mais jamais leurs paroles ne m'avaient touché d'aussi près.

Je me souviens les avoir vu glisser le soir sous les porches, et se jeter soudain dans la gueule noire d'une porte entrouverte. Au château, ils étaient les bienvenus, car Mathieue de Durban, notre maîtresse qui embrassait leurs théories, projetait, disait-on, d'entrer dans leur ordre.

Ils parlèrent longtemps, les « Bons-Hommes » et ma tante. Au cours de la soirée vinrent Guiraud Authier, le forgeron que les villageois nommaient « Picoulet » parce qu'il usait avec talent du pic de métal, suivit de Saissa, Guillaume et Aude Malet petits agriculteurs, Jehanne, Simon et Peyre Marty, vignerons. Plus tard encore entra Arnaud Cathala un des ouvriers du Seigneur Bernard, si noir de peau qu'on l'appelait « Corbas ». Tous adorèrent les cathares.

À l'égard d'Aude et de Peyre, les plus jeunes après moi, j'éprouvais une immense tendresse. Je les aimais même d'un amour fraternel. Le malheur qui les atteignit, et dont je fus témoin, m'ébranla durablement. Aujourd'hui encore, mon cœur saigne à cette évocation.

Les conversations fusèrent, cette nuit-là. Je n'en compris quasiment rien, sinon que nos visiteurs se plaignaient des curés et du pape, et, qu'effrayés sans doute par le massacre des habitants de Béziers, ils envisageaient la fuite. Je crus deviner que le plus jeune des religieux refusait de quitter le pays.

— Si nous partons, demanda ma tante, qui viendra avec nous ?

— Ceux qui en émettront le désir, suggéra Authier…

— Ceux qui le pourront, corrigea Cathala en haussant les épaules…

Pons les observait avec amitié.

— Laissez faire mes amis, chacun fera selon sa volonté…

La conversation allait s'animant, au sujet des enfants, des vieux, des animaux, des malades dont le sort préoccupait les uns, et posait problème aux autres. Elle les aurait conduits sur des sentiers sinueux, jalonnés de fâcheries, ou peut-être qui sait, de vilaines disputes, si un tapotement léger à l'huis ne les eût ramenés au silence. Lors, venue de la rue, une voix de femme nous héla. Empressée, Guillotte tira le loquet. Les yeux s'ouvrirent en grand, les souffles s'accourcirent… Mathieue de Durban fit son entrée en notre maison !

Habillée simplement d'une robe de toile bistre

bien serrée à la taille, le cheveu enrubanné de noir, elle m'apparut si semblable aux petites gens de son service, que j'en fus ému. Tous se courbèrent en signe de soumission. Elle protesta :

— Relevez-vous mes amis, relevez-vous, l'heure n'est plus à toutes ces futilités, l'instant est trop grave !

Mathieue s'inclina par trois fois devant les religieux présents, les implora ainsi que l'avaient fait tous les autres, et vint s'asseoir à même le sol, près de l'âtre.

— L'honneur est grand de vous avoir ici Madame, dit Guillotte au comble de l'excitation, quelle bonne brise vous y pousse ?

Notre comtesse laissa filer un silence attristé. Puis :

— La brise qui me pousse par chez toi ma chère Guillotte n'est pas bonne. Tu le sais hélas ! les événements de Béziers nous invitent à prévoir le pire. Peut-être la prière nous donnera-t-elle la solution à ce problème bien difficile, dit-elle d'une voix monocorde…

Elle demanda : *« Mais de quoi parliez-vous ? Continuez je vous prie… »*

— On causait de cette fuite dont il est question, reprit ma tante, on tentait d'établir qui se joindra à nous si le cas se présente.

Le ton de Mathieue se fit autoritaire :

— Qui viendra mes amis ? Mais tous ceux qui en exprimeront le souhait, je ne me sens pas le cœur de laisser ici un seul des habitants s'il désire partir…

Pons Ausina ne disait mot, pourtant, je devinais qu'il suivait le débat avec intérêt. Il prit tout son temps avant d'intervenir à son tour, mais ses propos furent d'une grande clarté :

— Il n'est du ressort d'aucun homme de décider à la place d'un autre, aux yeux de Dieu chaque âme mérite le salut…

D'un léger mouvement du menton, Mathieue approuva les propos du « Bon-Homme ». Puis elle se tourna vers moi et me caressa la joue d'un geste empreint de tendresse.

— Pauvre petit, pauvre petit, répéta-t-elle plusieurs fois.

Ils prièrent alors le Dieu de justice, afin qu'il les éclairât.

Du dehors montaient des bruits de pas et des coups frappés aux portes des maisons. Des chuchotements nous parvenaient, confus, mêlés parfois d'un sanglot étouffé. C'était des voix relayées par le vent, c'était un martèlement de sabots sur les pierres de la calade. Une musique confuse, semblable à un chant qu'aurait enfanté la nuit. Des gonds grinçaient et des volets claquaient, comme si les habitants voulaient éviter qu'avec l'air du soir n'entrent aussi les ombres mauvaises. Plus fournis qu'à l'accoutumée, les tintements des épées sur les mailles des hauberts nous rappelaient que la guerre venait.

Toute cette agitation m'empêchait de dormir. D'ailleurs, les « Bonshommes » ne se retirèrent qu'à l'aube, non sans avoir partagé le pain noir qu'ils bénirent en l'élevant au-dessus de leur tête, dans un tissu blanc attaché à leur cou.

*

Dès matines, une singulière animation régnait à Durban. Des chevaliers énervés se présentèrent à la poterne de la tour carrée, des commerçants effrayés s'agglutinèrent sur la place, tandis qu'une foule de paysans au regard perdu, errait dans nos ruelles.

Je n'avais jamais vu un tel remue-ménage.

Serrant entre leurs bras des bambins en pleurs, des mères jetaient vers nous des regards las. Des hommes, le dos écrasé par de trop lourds fardeaux, s'écroulaient contre le mur de la chapelle avec des cris de bête blessée. Les habitants de Durban les secouraient du mieux qu'ils le pouvaient. À la tierce, le village fourmillait d'une multitude effrayée.

Moi, je parcourais les rues dans l'espoir de voir déboucher mes parents à l'angle d'un cortal. J'interrogeais maints marchands à leur sujet, mais ils se détournaient, les yeux emplis de tristesse. On pleurait, on criait, on se prenait par le cou, on s'embrassait… Ceux qui n'avaient pas de connaissances ici, se retrouvèrent sous le grand arbre de la placette, afin de mettre en commun leur petit bout de détresse personnelle. Un troubadour tentait par ses couplets d'adoucir l'infortune de ce troupeau égaré.

Je ne savais pas encore que ces venelles ensoleillées, ces maisons basses, ces courtines de pierre auprès desquelles j'avais joué tant de fois, ces plateaux immenses, cette belle rivière, allaient disparaître définitivement de mon univers. Non ! je ne savais rien encore…

Lorsque les guetteurs annonçaient une troupe de fuyards, Bernard leur faisait porter à boire et une « saumée » de vivres. Car il était très bon, le Maître de Durban…

Bientôt passèrent des ribauds en meutes terrifiantes.

Chapitre IV

Montségur hiver 1243

Armengaud de Lussac est décédé ce jourd'hui. Puisse Dieu accueillir son âme en son Saint Paradis ! Je vais distribuer sa portion de fèves aux plus pauvres des soldats, et garderai en souvenir son livre des évangiles et son bâton de pèlerin. Auprès de lui, j'ai appris tant de choses, que mon cœur lui restera fidèle par delà la mort. J'ai foi en sa sainte destinée ; la tristesse envahit pourtant mon être, et si j'ai grand espoir en son bonheur éternel, notre séparation sera un poids plus terrible encore que toutes mes autres peines réunies.

Armengaud venait de Fanjeaux, où il avait vécu longtemps en une maison de « Bons-Chrétiens ». Son sacerdoce lui avait fait aimer le Cabardés. Il me raconta d'ailleurs mille histoires au sujet de Pierre-Roger, le maître de « Cabaret », la cité aux quatre châteaux. En me quittant, Armengaud a emporté un peu de mon existence. Dans l'espoir de me rapprocher de lui, je ferai tantôt venir Arnaud Rouquier, notre barbier médecin, qui me saignera, afin d'anoblir mon âme en affaiblissant mon corps. Armengaud et moi, avons cohabité plusieurs années au cours desquelles rien ne nous opposa jamais. Nos pensées savaient s'accorder dans la prière, et si par malheur le courage manquait à l'un d'entre nous, l'autre lui offrait son épaule. Armengaud faisait preuve d'une grande bravoure face aux rudesses de l'existence, et dans la maladie, il supporta « l'endura », le jeûne rituel, avec une exceptionnelle abnégation.

On a enterré sa dépouille sous une gravière, à l'angle du « pog ». Sa couche vide me tire des sanglots.

*

Dans les cassines de bois, les « Bons-Hommes » sont en prière. Des réunions ferventes se tiennent dans les maisons de la supérieure Rixende de Teilh, ou de Marquésia Hunaut de Lanta. Rien dans notre petit village adossé au *castrum*, ne laisse supposer les difficultés du Comté. Tout est prière, tout est cantique. Et volent les mots pieux, de terrasse en terrasse, et suintent les oraisons de nos murs de torchis, et s'enfuient les mauvaises pensées de lâcheté ou d'abandon !

À la brune, après l'oraison, le chevalier Guillaume Lahille, faidit de Laurac, viendra prendre son repas avec moi ; nous parlerons du Tout Puissant, du salut des âmes et vraisemblablement de la situation de notre Église face à l'adversité. Peut-être amènera-t-il Peyre Landry, son écuyer, dont les questions d'une étonnante naïveté me déconcertent. Ce Guillaume est sans conteste mon chevalier favori. Issu d'une famille très religieuse native de Fanjeaux, trop tôt veuf de Miracla Lahille, il se consacra avec enthousiasme aux œuvres militaires de notre Église. Au cours de sa jeunesse, en compagnie de sa sœur Bruna, il écouta maintes fois le regretté Guilhabert de Castres, pape de notre religion. Pour un soldat, son savoir en théologie est surprenant. Pourtant, Guillaume reste avant tout un combattant, et si à l'oraison, rien, fors l'habit, ne le distingue des religieux, sur les courtines, il redevient un redoutable militaire.

Il est étrange, je vous l'accorde mes amis, qu'un homme de religion puisse se lier d'amitié avec un combattant. À l'ordinaire, les valeurs défendues par ces sortes de gens ne sont pas compatibles avec nos conceptions. Néanmoins, tous ceux qui ont choisi de défendre la citadelle des purs méritent notre respect. Loin d'eux le désir de conquête, loin d'eux la cruauté facile ; ils sont venus par conviction, amitié ou dévouement. Notre cause leur doit énormément !

Ailleurs, chez les autres « Bons-Chrétiens », des arbalétriers, des sergents, des gens d'armes, s'assiéront autour d'une modeste table ou à même le sol, et consommeront comme nous, les noix, l'huile, le « pain signé », les galettes de farine… J'admire ces soldats venus ici défendre le dernier rempart de la liberté. Ils sont prêts à risquer leur vie en échange d'un misérable pécule. Dieu, j'en suis sûr les accueillera au jour de leur libération…

*

Autour de l'Ascension, non loin de la fin mai mille deux cent quarante-deux je crois, advint, une affaire qui changea le cours de l'histoire, ou du moins qui précipita les tragiques évènements. Je vous la conte ici !

Ayant eu vent de la présence de quelques inquisiteurs à Avignonet, un bourg de la région, nos responsables décidèrent de porter à ces catholiques haïs, un coup décisif. Peyre Roger de Mirepoix rassembla donc une troupe de ses meilleurs soldats, parmi lesquels mon ami Guillaume Lahille, et leur fit miroiter le gain d'un immense butin. Ils se trouvèrent plus de cinquante, chevaliers, écuyers, gens d'armes et sergents, à quitter le « pog », pour une destination que seuls les chefs connaissaient.

Peyre Roger les conduisit en la forêt de Gaja, où, en

une maison de « Bons-Hommes », on leur offrit le « pain de la fraction », du vin et de bien bonnes nourritures. Le lendemain, ils gagnèrent la forêt de Sainte-Puelles. Tandis que le gros de la troupe y stationnait, les chevaliers Bernard de Saint-Martin, Guillaume de Balaguier et mon cher Guillaume Lahille, menèrent douze sergents armés de haches à Avignonet. Là, ils retrouvèrent Guillaume-Raimon Golairan et trente personnes qui les attendaient, sous le commandement d'Alfaro, un chef catalan hardi et rusé, viguier de la place. Une fois les nôtres introduits dans le château Comtal où se reposaient les inquisiteurs, il leur fut facile de les exterminer. La mission achevée, ils emportèrent les maudits registres inquisitoriaux. Au retour, ils passèrent par Mazères et Boulbonne.

Hélas ! suite à ce coup porté à l'Église Romaine, Raimon de « Toulouse », sur la protection duquel nous comptions énormément, se vit contraint de signer à Paris un traité par lequel il livrait, après sa mort, toutes ses possessions au roi de France.

Décidément, le Très-Haut s'obstinait à nous abandonner !

À dater de ce jour, nous nous sommes sentis de plus en plus isolés. Cet assassinat ne manqua pas de déclencher la ire des prélats romains et par voie de conséquence, celle de leur bras séculier : l'host Français. Rien n'était plus pareil désormais. Nous devions disparaître ! Rome n'avait de cesse de matraquer notre Église, de l'agresser, afin de l'acculer à la destruction finale. L'inquisition, qui ne fut pas longue à se relever, frappa alors comme jamais ! Pas un village, pas un recoin de campagne ne fut oublié… Les dénonciations, les calomnies, les lâchetés devinrent monnaie courante dans le pays, au point que nul ne se trouva plus à l'abri d'une condamnation pour hérésie. Il va sans dire que les « Bons-Hommes » Cathares firent l'objet d'un soin particulier, chassés tel du gibier, arrêtés et souventes fois brûlés.

Maintenant, seuls Montségur et Quéribus semblent épargnés... Combien de temps encore, combien de temps encore, amis ?

*

L'ombre noire a recouvert la cité des purs ; mille petits bruits familiers ne tarderont pas à s'élever des cantonnements. Je sais que les soldats vont rire dans l'espoir de chasser leur crainte. Certains aimeront leur femme, et, preuve que l'homme est fait d'une chair mauvaise, les gémissements langoureux nous parviendront amplifiés par les murailles. Beaucoup boiront le vin de la plaine et les « pégaus » de terre verseront dans les gosiers de longs traits rouges. D'autres, appuyés aux remparts regarderont le ciel en se demandant sans doute si ce Dieu de bonté s'y trouve vraiment.

Dressés sur les courtines ou abrités dans le donjon Seigneurial, les « faidits » évoqueront leurs amis tombés au combat, dans le Toulousain ou le pays de Foix. Ils referont cent fois les batailles perdues, et regretteront peut-être les fatales erreurs des chefs de Guerre qui, un peu plus de trente ans auparavant, à Muret, ont perdu par manque de savoir-faire une bataille décisive. Ils auront sans doute une pensée émue pour Peyre II d'Aragon qui atteint ce jour-là, l'autre rive de l'âge.

La forme sombre des « freux » planera sur nos têtes et se fondra à l'occasion à la masse obscure des montagnes. La nature s'ensommeillera et le vent glacé forcera le frêle barrage de nos murs de bois et de torchis. La prière s'élèvera, reprise par maintes voix unies. Alors, dans le mystère de cette nuit, Montségur ouvrira ses portes aux Esprits, et Dieu la couvrira de son manteau d'amour. Mais, amis, je m'éloigne de l'histoire que je vous contais, celle de Durban et de ses habitants...

Chapitre V

Durban, fin juillet 1209

Suite au massacre des habitants de Béziers, notre Seigneur Bernard vint voir secrètement ma tante. Il l'interrogea sur ses visions et lui demanda de lire dans les augures l'avenir de son pays. Guillotte voyait, et la nature lui parlait un langage connu d'elle seule. Rien ne lui était étranger, quand elle se donnait la peine d'interroger le ciel. Elle ne mentait jamais ma tante, ni sur le temps à venir, ni sur les malheurs… ni sur les malheurs…

D'aucuns disaient que la nuit, lorsque la lune se faisait ronde et que sa lumière emmaillotait les montagnes dans des habits de soie, la *vieilleuse* rejoignait dans les bois un immense loup gris aux yeux fendus, une bête sortie du néant, et qui mêlait sa danse sauvage à la sienne. Dans ces moments-là, les étoiles scintillaient plus qu'à l'accoutumée, et tous les êtres se transformaient en lutins fragiles, en striges effrayants, ou en fées bonnes, racontait-on. On prétendait que ma tante lisait dans le vol d'un oysel, ou dans la course d'un garenne. Guillotte qui croyait en tout, aux ombres du soir, à la magie des orages, à Dieu, à Diable, à l'amour, au pape de Rome, aux cathares, disait sans rire que son mari, le Jousselain, mort à la croisade, la visitait parfois au cours de certaines cérémonies mystérieuses, dont les témoins se comptent sur les doigts d'une main mutilée. Quelque radoteur racontait même que le loup gris abritait l'âme du défunt, revenue… Les événements qui suivirent me donnèrent matière à m'interroger ; maintenant, avec le travail des ans je sais !

Afin de complaire à son Seigneur, Guillotte observa quelques instants le vol d'un « freux », puis, le menton baissé en signe de respect, bougonna :

— Les jours sont sombres qui viennent par ici. Je vois de sauvages ribauds détruire nos maisons et embraser votre castel. Je vois du malheur… du malheur… Le noir nous envahit, pardonnez-moi Seigneur, pardonnez-moi !

Elle s'inclina respectueusement.

— Ce n'est pas ta faute Guillotte, tu ne peux à toi seule éteindre le malheur.

Ma tante insista :

— Je ne vois rien de bon Maître Bernard, que de l'accablement !

À cause de ces prévisions, et parce que Guillotte avait la réputation de ne jamais se tromper, Bernard décida de nous haranguer. Il fit rassembler la population sur la place du village, et se prépara à informer les villageois du désastre annoncé.

*

La foule était grave, anxieuse. Les femmes et les enfants se tenaient vers l'arrière. Dressé sur un *coussiège*, le regard clair, vêtu d'un *chaisne* immaculé, le Seigneur serrait avec douceur le bras de sa tendre Mathieue ; il nous conta notre misère :

— Vous n'ignorez pas amis, le malheur qui s'abat sur notre pays. L'host putride des catholiques a envahi Béziers et massacré toute sa population. Des quinze mille habitants, pratiquement aucun n'a survécu.

Sa tête se baissa, puis après un long silence, il ajouta d'une voix enrouée :

— Je ne suis pas devin, mais je puis vous dire, mes amis, que les temps à venir n'augurent rien de bon et que l'invasion ne manquera pas de s'étendre à le tout pays, du Minervois au Carcassés, du Comté de Foix au Toulousain. Les bastides isolées connaîtront, soyez-en certains, un sort identique à celui de Béziers. Quant à nos murailles, elles ne sauraient résister longtemps à une telle cohorte… J'ai donc décidé de quitter momentanément Durban pour aller mettre les miens à l'abri. Bien sûr, je vous convie tous à me suivre.

Les habitants s'interrogèrent du regard, effrayés par les propos de leur Comte ; beaucoup étaient tellement attachés à leur terre, qu'ils n'imaginaient pas un instant s'en éloigner. Pourtant, ils savaient que leur orgueil ne pèserait pas lourd, face à la détermination des croisés catholiques.

« Est-on certain qu'ils viendront jusqu'ici ? » demanda un brave ouvrier au verbe rocailleux, et dont j'ai oublié le nom.

— Ils viendront, tôt ou tard ils viendront.

Soudain ! la voix forte de Chamailloux, le curé du village, s'éleva :

— Mais qu'avez-vous à craindre, vous, Maître Bernard, vous ne faites pas partie de ces dualistes sectataires, votre épouse peut-être, mais pas vous, n'est-ce pas ?

— Vous avez raison l'abbé, mon cœur n'est pris ni par le pape, ni par les théories cathares, ma vie est faite d'autres amours, l'amour de ma belle, l'amour de ma terre, l'amour de mes sujets…

— Alors que diable envisagez-vous de partir ?

— Curé, me croyez-vous assez lâche pour abandonner ma chère Mathieue, même si sa croyance tend à l'éloigner de moi… Me croyez-vous lâche au point de laisser ceux d'entre mes sujets que vous abhorrez, aux mains de ces soi-disant soldats de Dieu ? Béziers est une bien cruelle illustration des agissements de vos amis…

À la manière d'un cureton au prêche, Bernard agitait ses bras au-dessus de nos têtes. Mathieue ne disait mot ; semblable à celui d'un mort, son visage blanc demeurait immobile, mais dans ses yeux perlait une immense détresse. Sa surcotte de crêpe transparente, émue par le vent d'autan, dessinait autour de son corps amaigri, une auréole lumineuse. Elle versait mille larmes…

Nombreux furent ceux qui pleurèrent à la regarder. Car nous l'aimions Mathieue de Durban, nous l'aimions comme on aime une mère. Bernard, troublé lui aussi, continua néanmoins :

— Déjà les campagnes du Biterrois ont eu à souffrir des exactions croisées, soyons prévoyants, ne nous exposons pas à la cupidité des Français, partons nous mettre à l'abri derrière d'imprenables forteresses !

Ces dernières paroles furent englouties par un profond sanglot. Lors, la tristesse muée en désespoir propagea de cœur en cœur son ombre froide. Dieu qu'il fut lugubre ce matin de Dufort ! Les regards se perdirent dans les nues, à la recherche qui sait, d'un signe divin. Mais le ciel ne nous répondit pas, sinon en s'obscurcissant par instants, au passage d'un nuage noir.

— Pourquoi, pourquoi ?

— Parce que les puissants convoitent notre terre, répondait Bernard à ceux qui l'interrogeaient.

— Afin d'en expurger l'infernale hérésie, aboyait Chamailloux, le ventre moulé dans sa coule ourlée.

Le bougre abbé avait beau implorer tous les villageois de venir prier le Dieu Romain, son église restait désespérément vide ou presque. Il vitupérait contre cette population sans foi, qui au lieu de se consacrer à Dieu, dirigeait vers la peur les plus intimes ressorts de son âme.

*

Là, mes amis, je me dois de vous expliquer, si vous ne l'avez déjà compris, que Messire Bernard, s'il respectait les « dualistes », n'adhérait pas à leur croyance. Il les tolérait sur ses terres, les recevait même en son castel, mais son cœur ne s'était pas ouvert à leur foi. Lui, il ne rechignait pas à guerroyer, ni à parcourir le coteau à la poursuite du cochon sauvage ou du « conil ». Sa vie était faite de bonheurs matériels, ou de chagrins palpables. Concernant les choses de l'âme, il préférait remettre à plus tard ses résolutions. Cependant, il n'hésitait jamais à faire le bien, à protéger les petits, à défendre les faibles, à nourrir les affamés.

C'était peut-être ça, sa religion. Mathieue ne lui tenait pas rigueur de son ignorance. Elle savait que bientôt Dieu le ravirait aussi.

*

Bernard n'obligea personne à le suivre. Il ne cacha pas que la route de l'exil serait longue et très risquée. D'ailleurs, notre Comte avouait ne pas bien savoir où aller, car ses informateurs ne lui livraient rien des intentions croisées.

Chaque famille pesa le pour et le contre, visita ses amis, demanda conseil à sa parentèle ; alors, dans une pagaille sans nom, la population se divisa. Les plus riches, ou bien ceux dont les racines plongeaient trop profondément dans la terre des Corbières, s'effacèrent, presque honteux, décidés à rester.

Ce jour-là, cherchant sans doute à aggraver leur peine, la nature se vêtit de ses plus beaux atours. Les rochers de leur garrigue devinrent des îles scintillantes, les chênes perdus au milieu des gagnages, des bateaux en partance, et les fleurs en nappes, des tissus soyeux. Leurs maisons de torchis s'emperlèrent même de vermeil afin de les retenir. Du jour au lendemain, tout se brisait. Le monde qu'ils s'étaient construit pouce à pouce, s'effondrait en un instant, et leur horizon se bouchait.

Guillotte s'évertuait à les prévenir.

— Fuir, fuir mes amis, notre Seigneur a raison, il faut fuir !

Ils l'écoutèrent, terrorisés ! Ce jour-là, pas un ne resta serein. Pourtant, nombre d'entre eux refusèrent de quitter leur maison. Les uns disaient que le pays valait mieux que n'importe quel ailleurs, les autres se sentaient tellement attachés à leur lopin de terre, qu'ils préféraient mourir, que de l'abandonner. Et Bernard afin de les convaincre, promettait des lendemains fleuris. Et Bernard leur parlait de Minerve, de Quéribus, de Montségur, comme autant de paradis sur terre. Mais ses mots s'envolaient, mêlés à un brouhaha de cris, de pas et d'appels pathétiques. C'était un remue-ménage sans nom dans les ruelles de Durban, des paysans visitaient les caves amies, des femmes pleuraient, des enfants criaient. On se parlait d'un bout à l'autre des calades, on pardonnait publiquement les offenses. Certains priaient, agenouillés devant leur porte ou la face contre terre, dans une ultime embrassade à ce pays qui les avait nourris.

Ils se promettaient de se revoir tantôt, après la fin de ce triste épisode, mais, j'en suis certain aujourd'hui, ceux qui avaient choisi la fuite, savaient par avance que jamais ils ne reviendraient. Tous s'interrogeaient au sujet de ces cités décrites par Bernard, et dont les troubadours de passage chantaient les merveilles. Il était question partout de chevaliers valeureux, et de fêtes immenses organisées à Minerve ou à Puivert.

Chamailloux, le prêtre ventru nous apostrophait :

— Ne partez pas mes frères, j'implorerai le pardon

de l'Église romaine, et vous l'aurez, c'est promis, vous l'aurez !

S'il avait pu, il les aurait affrontés un par un, ces peureux qui, au lieu de se ranger aux côtés de sa sainte religion, préféraient abandonner leur maison. Eut-il disposé d'une poignée de preux chevaliers au service de Rome, il les aurait retenus par la force.

— L'Église de Rome sera votre protection, l'host n'en veut qu'aux « Turlupins », auprès de moi, vous serez sauvés.

— Comme ceux de Béziers ! hurla une voix de vieille en tous points semblable à la voix de ma tante.

— N'écoutez pas cette sorcière, elle s'acoquine avec le malin, ses conseils vous porteront malheur.

Puis, haineux, il ajouta :

— On se retrouvera Guillotte du Diable, sois-en sûre, le jour viendra où il sera temps pour toi de tout expier.

Guillotte n'eut pas besoin de répondre au religieux, une voix s'éleva, claire, décidée, autoritaire, une voix que tous reconnurent comme celle de notre chère Mathieue, et qui, sans l'ordonner, obtint le silence :

— Pourquoi lui en voulez-vous curé, cette femme a une connaissance qui nous est refusée à tous ; est-ce sa faute à elle si le ciel, les oiseaux ou les feuilles des vignes lui montrent le chemin de l'avenir, est-ce sa faute ? Du mal jamais Guillotte n'en a commis par l'entremise de sa magie, mais du bien, ça oui, chacun ici peut en témoigner, même vous l'abbé ! Des malades, elle en a guéris, des récoltes, elle en a sauvées, sans se faire payer le moindre melgloire ; en dites-vous autant, vous, avec vos cérémonies à dix sols, et vos prières qui ne servent qu'à enterrer les morts ?

Mais le curé ne voulait pas s'en laisser compter, fut-ce par la propre femme du Seigneur de Durban, car il ne doutait pas le bougre, que l'arrivée prochaine de l'armée papale lui autoriserait toutes les insolences. Il pérora :

— Je vous savais amie des dualistes, Madame, voilà que je vous découvre du côté des sorcières. Choisissez votre camp comtesse, car tantôt viendra l'heure de révéler votre véritable nature.

Chamailloux parcourut l'assistance du regard, cherchant dans les yeux de cette foule rassemblée, le soutien nécessaire. Il rageait. L'hérésie cathare l'irritait au plus haut point, non à cause des idées qu'elle véhiculait, mais parce qu'elle volait des âmes à son Église. Qu'importait que ce fût Dieu ou Diable le créateur de toutes choses, pourvu que les fidèles viennent en masse à ses offices et remplissent sa bourse. Il trouvait la religion cathare intéressante à bien des égards, mais si exigeante ! L'ascèse, la pauvreté, la continence, représentaient un coût trop important pour qu'il abandonnât sa curie pour tomber dans l'escarcelle de cette contre-Église contestée. Pourtant, quelques années auparavant, n'avait-il pas envisagé d'embrasser la croyance dualiste ? L'ambition avait finalement triomphé de ses hésitations.

*

Ceux des villageois qui préféraient suivre Bernard, choisirent parmi les objets en leur possession, celui auquel ils étaient le plus attachés, puis enfermèrent dans un balluchon une pièce de tissu ou un outil indispensable. Ils déambulèrent désolés, au milieu des venelles enivrées de soleil, dans l'espoir de puiser ça et là, une image de leur passé. Des visages de femmes, des chevelures d'enfants ou des scènes aimées dont ils feraient leur patrimoine, vinrent à leur esprit. Certains tentèrent d'arracher un clou de leur huis ou une pierre de leur cellier, qu'ils envisageaient d'emporter avec eux, comme autant de reliques de leur vie passée.

Au petit cimetière, ils s'inclinèrent devant les tombes d'un parent, d'un fils, d'un père, d'un voisin regretté.

Que de larmes versées, mes amis, que de déchirements !

Des voix s'élevèrent bien sûr, qui essayèrent de les retenir, mais leur choix était fait, et la route les attendait. Rien ne comptait désormais en dehors de la vie. Ils n'avaient pas bonne allure, vêtus de *chaisnes* troués et de braies rapiécées, mais la volonté de ne pas se laisser anéantir par le désespoir, se lisait dans leurs yeux. Ils savaient que le chemin serait cruel, et que beaucoup n'atteindraient pas le but prévu, mais aucun n'avait le désir de se laisser massacrer sur place par un ennemi dont, depuis Béziers, ils connaissaient la cruauté.

Nous étions une vingtaine, fors le Comte et Mathieue, à attendre que vienne enfin l'heure du départ : Guiraud Authier et sa Guillemette, Jourdain Cathala et Bruna, accompagnés de Marquésia leur fille, les Marty, les Malet, Ermessande Garnier l'ancienne, le Vieux Maury Micheu, les Lasbordes, Pons le « Bon-Homme », Guillotte et moi, Amiel Estanhol, le petit orphelin... Un soldat, le chevalier Gui d'Escayrol, fidèle à la croyance cathare, décida de faire route avec nous. C'était un preux qui avait rendu hommage à Bernard de Dufort, dans l'espoir de lutter à ses côtés contre l'host du Diable. Nous savions qu'entre le Comte et lui existaient des rapports étroits, mais pas un d'entre nous n'en connaissait la nature ; une lointaine parenté, selon les uns, une ancestrale amitié familiale, selon les autres.

Au matin de notre départ, Gui s'était approché de Peyre Marty, et lui avait parlé de la sorte :

— Je suis un pauvre faidit sans fortune mon garçon, acceptes-tu de devenir mon écuyer, tu soigneras mon cheval, porteras ma besace, et astiqueras mes armes afin qu'elles soient prêtes au combat. En échange, je te paierai sur la solde que m'attribuera notre Seigneur Bernard, s'il est dans ses possibilités de m'en consentir une !

Le petit paysan de Durban se retint de laisser éclater sa joie. Il balbutia seulement son accord, et n'exigea rien du soldat, sinon un quignon de pain destiné à nourrir les siens.

Je connaissais un peu Gui d'Escayrol pour l'avoir aperçu plusieurs fois à l'ouvrage sur les courtines, ou à l'entrée du château ; le savoir à nos côtés me remplissait d'allégresse. Gui projetait, une fois cette guerre terminée, de se mettre entièrement au service de Dieu.

Maintenant, chaque fois qu'il revient hanter ma mémoire, son destin me remue la tripaille.

*

En attendant le moment de s'élancer enfin dans cette aventure, les hommes palabraient d'abondance au sujet de ces chevaliers venus du Nord :

— On dit qu'ils ne craignent pas la mort, disait l'un.

— Et qu'ils sont invincibles, ajoutait un autre.

Heureusement, Bernard savait ramener son monde à la réalité. Il mettait l'accent sur la lâcheté de cette armée qui assassinait femmes et enfants. Il évoquait sa croisade en Orient aux côtés des Frisons et des Bourguignons où nombre de ces « bellitres » réputés invincibles, avaient trouvé la mort.

— Non mes amis, leur seule force est la discipline. En outre, Dieu n'est en rien responsable de leur victoire en terre biterroise…

Au loin, sur la garrigue, des groupes compacts faisaient route vers la plaine. Nous les suivions du regard, jusqu'à ce qu'ils ne disparaissent, absorbés par une gorge ou dissimulés par la ligne verdâtre d'une haie.

Chapitre VI

Montségur, janvier 1243

Il fait froid sur le « pog », très froid mes amis. Grâce à ces rudes conditions, nos corps subissent des attaques qui en expurgent l'Esprit mauvais. Nos pieds nus s'accrochent à la terre glacée, et lorsque la brume du matin gèle notre chair que la nuit n'a pas pu réchauffer, nos âmes s'élèvent. À l'aune de ces épreuves, Dieu juge notre foi en lui ; nous les supportons avec une grande joie, elles nous délivrent une lumière qui nous rapproche du paradis.

Je me force à ne pas grelotter, afin de dompter mes sens et ainsi, de préparer l'heure où viendra la mort. J'ai de vives douleurs aux mains, aux pieds, dans la poitrine également, mais elles ne sont rien, comparées à celles qu'ont supportées nos frères dans les geôles catholiques, ou dans la flamme du bûcher.

Face à la plaine, piété sur une pierre plate, j'expose mon être à la tentation de refuser les épreuves. Tout près de moi, d'autres « Bons-Hommes » s'infligent le même traitement, non par autopunition, mais par souci de progresser vers la perfection. Dieu soit remercié de nous donner cette force-là !

Dans le castrum de Montségur règne un subtil mélange de religion et d'activités militaires. Deux mondes cohabitent, l'un fait de bassesses matérielles, l'autre de spiritualité. Le premier s'abandonne au désir, s'accable à de pauvres tâches et partage son existence entre la guerre et la chair. Le deuxième s'astreint à une discipline religieuse très stricte, et rejette toute faiblesse. Entre ces deux univers si différents, s'établissent pourtant des relations de respect et d'amitié inégalables.

Le voilà, mes amis, le miracle de Montségur !

Près des falaises, la forme grise du « Roc de la Tour » émerge des vapeurs. Les lices, remparts qui entourent le corps de la montagne sacrée afin d'en interdire l'accès à quiconque n'est pas désiré, dessinent des cicatrices immenses sur les pentes. Face à moi, le « Roc de Porteilh », solide et fier, plonge dans la vallée, semblable à un bras gigantesque qui unirait les forces occultes du pays bas, à l'enivrante beauté de la citadelle.

Mon regard se porte à l'orient, sur la ligne de crête, où des combattants à l'exercice simulent des assauts, dont la vigueur ramène en mon esprit les scènes guerrières qui ont jalonné ma vie. Puisse le Seigneur éviter à Montségur le sort des autres forteresses !

*

Enroulé dans un habit doublé de fourrure, Arnaud Roger de Mirepoix hurle des ordres à ses guetteurs ; sur la plate-forme qui sert de promenoir au donjon apparaît Péreille, le Seigneur de Montségur, entouré de Corba, sa femme, de Braida, leur fille aînée, d'Esclarmonde, leur cadette handicapée que l'on doit porter, et d'Arnaud Rouquier de Belpech, le médecin.

Dans la cour, des arbalétriers allongés à même le sol glacé, crachent en parlant, d'épaisses vapeurs blanches.

Des écuyers se frottent les mains, et parfois les tendent vers les grands feux allumés sous les chaudrons du cuisinier, avant de se remettre à l'ouvrage. Agenouillées sur des paillasses crasseuses, des femmes épouillent de gros sergents. Le pays d'Olmes grelotte, et la campagne, désemplie de ses travailleurs, ressemble à un désert. Le *castrum* tout entier baigne dans une froide transparence.

Suite au décès de mon compagnon Armengaud de Lussac, le « Bon-Chrétien » Clamens, est venu s'installer dans ma case. Homme reclos, il parle peu et prie souvent. J'ignore son histoire, mais son attachement à notre Église, en fait un agréable compagnon. Nous recevons parfois les chevaliers Lahille et Congost. Avec eux, je déploie mes talents de prédicateur, et jour après jour, leur sagesse va croissant. Ils n'ignorent pas que le malheur approche. Ils savent que le pog de Montségur attire les convoitises, et que bientôt l'armée française tentera de le prendre. Ils ont le courage de quartanniers pourchassés, et sont toujours prêts à en découdre avec les ennemis de leur croyance. Toutefois, on peut se demander ce que pèsera cette poignée de braves soldats, face aux forces du Roi de France.

On peut se demander ce que vaudront comparées aux puissantes balistes, leur épée et leur arbalète ?

Chapitre VII

Durban Juillet 1209

Sur le chemin de l'exil Bernard passa d'abord, sa Mathieue auprès de lui. Il tenait par la bride « Goupil » son cheval, chargé de quelques faix de chiffon. Le chevalier d'Escayrol cheminait non loin d'eux, suivi de son jeune écuyer. Nous, hésitants, nous leur emboîtâmes le pas, en essayant de ne pas nous retourner.

Nul ne se tracassait du nombre de lieues à parcourir. Peu nous importait d'ailleurs la destination à atteindre, seule comptait à nos yeux la certitude d'échapper, fût-ce l'espace de quelques jours, à la cruauté de notre ennemi.

— Nous passerons par Quéribus, puis nous nous éloignerons de la vallée afin d'éviter Carcassonne et les croisés. Nous passerons à Albédun, et irons nous réfugier à Puivert où mon compagnon Bernard du Congost nous protégera, en attendant que cesse enfin cette croisade infâme.

Bernard soulevait les pans de sa tunique de toile, dans l'espoir de faire passer sur sa peau, l'hypothétique fraîcheur du cers. Son visage dégoulinait de sueur.

— Et si jamais elle ne cesse ? interrogea Béatrice Lasbordes, jouant nerveusement avec le cordon de son chaisne.

— Dans ce cas, nous tenterons de rejoindre Minerve, l'imprenable cité de mon cousin Guilhem, où c'est certain, les croisés ne s'aventureront jamais.

Bernard savait nous rassurer. Il promettait une vie paisible à Puivert ou à Minerve. Nous voulions y croire. D'ailleurs, quel autre choix avions-nous ? Jehanne Marty, la main posée sur l'épaule de Simon son mari, ajouta d'une voix résignée :

— De toute manière, nous ne pouvons revenir en arrière, notre chemin est tout tracé.

— Allons ! dit Mathieue en désignant les rochers blancs qui s'élevaient au loin.

Ma tante me prit par la main et me fit avancer. Je la suivis sans regimber malgré le chagrin d'avoir quitté notre si beau village et les souvenirs qui s'y rattachaient.

Au départ, les autres villageois nous avaient fait une haie humaine d'où s'étaient échappés des sanglots, et parfois une prière de salut. À cette occasion, la plupart se signèrent ou tombèrent à genoux. Ces témoignages d'amitié firent saigner mon cœur.

Peyre Mir et Garsende, son épouse, avaient hésité à se joindre à nous, mais l'inconnu les effrayait. Alors, en voyant passer notre colonne, ils pleurèrent tels des enfants désespérés. Les familles Oliba et Tesseyre, liées depuis des lustres à la maison de Durban, promirent de nous retrouver à Puivert ou à Minerve, lorsqu'ils en connaîtraient un peu plus sur les plans des catholiques. Les pauvres, ils ne savaient rien encore !

Ce fut poignant de donner une ultime embrassade à ceux que nous aimions tant, et qui avaient refusé de quitter leur maison : les Valdès, les Vidal, les Morel, les Cerdan. Ils nous offrirent d'inoubliables signes d'attachement.

*

Nous suivîmes une belle colonnade de charmes et une rivière avaricieuse qui offrit aux assoiffés quelques gouttes de bonheur tiède. Par endroits, un saule clair laissait tomber sur l'herbe ses larmes d'osier. Un petit vent de mer dispersait autour de nous des nuées d'insectes que nos peaux poisseuses attiraient. Au ciel, une bondrée à longue queue volait en orbes gigantesques. *« C'est du malheur, je vois du malheur »*, lança Guillotte qui savait lire dans le vol des rapaces.

Peu à peu, la vallée s'emplissait de fugitifs qui, comme nous, cherchaient à fuir l'ogre infâme de l'armée catholique. J'ai toujours souvenance de longs cris pathétiques, de pleurs d'enfants et d'oraisons relayées de loin en loin. Des miséreux, crottés jusqu'à la plus infime partie de leur corps, nous interpellaient pour obtenir du comte quelque nourriture ou un « melgloire ». Ailleurs, allongés sur des traîneaux faits de branches de bois vert, des enfants affaiblis par la marche récitaient des prières en regardant le ciel.

Les villages se déversaient sur les chemins en une marée bruyante et inorganisée. Des tombes creusées à la hâte jalonnaient notre route. Des fugitifs en pleurs nous parlaient de Béziers ou de quelque bastide saccagée, puis, la tête basse, reprenaient leur route vers l'inconnu. Dire que nous n'eûmes aucune mauvaise rencontre serait mentir mes amis, mais la présence du chevalier, alliée à l'impressionnante carrure de notre « Picoulet », éloignèrent de nous les indésirables.

Dieu, qu'il était affligeant ce chemin de l'exil !

Parfois, usé par tant d'efforts, un vieillard inconnu, tombait lourdement la face contre terre, le visage enfoui dans la poussière fumante, espérant la mort. Et elle venait, la mort ! Sans se faire prier, elle le prenait, dans une lamentation terrible, semblable à celle d'un animal piégé. Mais la route nous rappelait, impitoyable.

— Jusqu'où marcherons-nous, mère ? demanda Marquésia.

— Jusqu'à la liberté, fille, jusqu'à la liberté !

Nul ne s'illusionnait.

Au vallon de Langlade, vert comme un paradis, nous nous reposâmes sous d'immenses bouleaux aux fins rameaux pleureurs, et de grands chênes rouges aux branches serpentines. Des libellules en nuage dansaient à nos oreilles en cercles désordonnés. Une vanesse colorée voletait entre les massifs d'aubépine et de grands cytises à fleurs jaunes. Les pieds me faisaient horriblement mal, mais afin de ne pas déplaire à ma tante, ou par peur de ralentir notre fuite, je n'en pipais mot.

Au long de ces premières heures, certains en se retournant, tentèrent de graver en eux les dernières images de leur pays, mais bientôt, même haussés sur d'imposants rochers, nous ne distinguâmes plus rien de notre contrée, ni le grand lacet de la Berre, ni les coteaux de calcaire blanc, ni même le massif des Escoumes. À partir de là, et de longues lieues durant, le silence nous accompagna, donnant à notre colonne l'allure d'un défilé mortuaire. Désormais, ces arbres, ces rocailles, pourtant si semblables à ceux de notre passé, nous apparaissaient différents, sans goût, sans âme ! L'exode commençait vraiment ; car même les plus aventuriers d'entre nous, hormis le comte, notre chevalier, et Pons, n'avaient jamais dépassé Langlade. C'était donc un pays nouveau qui s'ouvrait devant nous.

Des galvaudeux, nous en avons rencontrés, sur ces chemins de misère, oh oui mes amis, nous en avons rencontrés, les uns affamés, presque moribonds, les autres, le corps rongé par d'horribles vermines ! La maladie les laissait presque morts au milieu des sentiers. Nous en vîmes plus d'un, le ventre perforé par quelque coutelas ;

et combien d'enfants, sans vie avons-nous découverts grossièrement ensevelis sous de dérisoires gravières, combien ?

Moi, frêle enfant sans parents, ballotté sur ces routes cruelles, je connus de la vie ses plus noires facettes.

CHAPITRE VIII

Montségur, mars 1243

En cette fin d'hiver, la forteresse s'emplit et se vide selon une organisation précise, orchestrée par Peyre Roger de Mirepoix, coseigneur de Montségur. Des chevaliers partent en mission accompagnés souvent par l'un des « Bons-Chrétiens », tandis que d'autres reviennent, épuisés, la tête encore pleine de leurs courses à travers le pays. À l'occasion, des soldats nous annoncent l'arrestation de plusieurs de nos frères, ou commentent la situation périlleuse de notre Église. Ainsi, nous apprenons par leur entremise, les ravages de l'inquisition. Nous y répondons par la prière !

Ce jour d'hui, le cœur plein d'espoir, j'observe le va-et-vient qui anime le « pog ». À la manière d'un sang nouveau qui remplirait le « castel », des patrouilles amies montent jusqu'à nous, chargées de victuailles achetées aux paysans de la plaine. Des âniers houspillent leur animal que les pentes abruptes rendent rétifs. Plus bas, des mules chargées de sacs ventrus affouillent le chemin qui les mène à la citadelle. Les guetteurs remplacent d'autres guetteurs que la nuit a exténués.

Pendant que les commerçants attendent le Bayle afin de négocier leur marchandise au meilleur prix, des habitants de la vallée viennent nous offrir du blé. En échange, ils assisteront à la prière dite par Bertrand Marty puis, revenus chez eux, le cœur réjoui, ils seront à leur tour les meilleurs défenseurs de notre religion.

Entre les cabanes de bois qui peuplent l'intérieur de la forteresse, une ribambelle de soldats engourdis, et des pèlerins de passage discutent de religion ou de guerre. Je reconnais l'écuyer Ferrou, rieur expert en bons mots, Guillaume Azéma, dont la forte stature impressionne, le sergent Étienne Boutarra, doté d'une voix étonnamment grasseyante, et Peyre Vital, tout juste rentré du pays d'Olmes. Au passage du « Bon-Homme » Jean de Combel, ancien chevalier de Laurac, ils s'inclinent respectueusement par trois fois. Le religieux répond à leur prière, avec douceur, puis s'arrête un instant pour leur parler. Guillaume d'Unac et son épouse Amada, Sicart de Puivert, héros d'Avignonet, Arnaud Goux, le sergent de Montferrier, Guillelme Aicart et son mari Arnaud, Bruna Domergue, de Laroque d'Olmes, se joignent à eux.

J'éprouve un immense plaisir à voir ces groupes se former ainsi autour d'un prédicant, cela témoigne de la vitalité de notre croyance. Tous tombent à genou et récitent un *« Pater »* qui s'élève, pur comme une âme d'enfant, au-dessus de nos têtes. Je ne puis résister moi non plus, au désir de rejoindre ce chœur béni. À cet instant, je sais que Dieu veille sur nous, ses enfants aimés !

Chapitre IX

Juillet 1209, sur la route de l'exil

La poussière grise nous enveloppait de son drap léger. Des rochers blancs succédaient à des rochers blancs, des collines abruptes à d'autres collines abruptes, comme si le chemin de notre misère s'allongeait à l'infini. Depuis « Langlade », nous avions traversé moultes étendues sèches, et escaladé des monticules pentus sur lesquels nos jambes avaient laissé l'essentiel de leur force. Les rochers bordiers exhalaient une vapeur fiévreuse qui les rendait fantomatiques. Les arbres déployaient leur ramure pour tenter de dérober au ciel une bruine improbable. Des groupes désabusés nous regardaient passer, pétris de larmes et quelquefois agressifs. Ce n'étaient ni des routiers, ni des bandits, mais le massacre de Béziers avait égaré leur esprit, et ils en voulaient à la terre entière de se retrouver ainsi démunis, sur ces routes inconnues. Heureusement, la présence du chevalier d'Escayrol savait les tenir éloignés. Les forêts crachaient des masses de fugitifs qu'elles régurgitaient plus loin, en une sorte de rumination géante. Rompant avec cette routine, qui de matines à complies, de vendanges à glandée, l'entraînait dans une sempiternelle ronde dont il ne sortait jamais, sinon pour guerroyer de temps en temps, le pays subitement se transformait.

À ma grande joie, le chevalier d'Escayrol m'installait parfois sur sa monture. De cet observatoire privilégié, j'encourageais mes amis que la souffrance rendait méconnaissables. Je voyais leur dos écrasé par le faix, et leur chevelure emmêlée noyée de transpiration. De temps en temps, le vieux Maury s'accrochait à une sangle de l'harnois et se laissait tirer en traînant les pieds. Sur sa face striée d'horribles nervures se lisaient les signes inquiétants d'une irrépressible fatigue.

Ermessande l'ancienne piétinait quelques pas derrière. Marquésia, aidée par son Bertrand, avançait les yeux clos. Collés l'un à l'autre, Peyre Marty et Aude, sa promise, se jetaient par instants des œillades d'une extraordinaire intensité. Je ne savais rien de la vie, mais ces deux-là m'apprirent beaucoup sur l'amour. Leur histoire, que je vous conterai plus tard, trotte toujours dans ma tête, tel un souvenir désolé. Aude, je la connaissais depuis toujours. Mes parents et les siens ayant entretenu des relations de réelle amitié, elle fut pour moi, au début de ma vie, une sorte de grande sœur. Je l'aimais. De taille moyenne, le visage légèrement arrondi, des cheveux noirs en cascade sur des épaules étrangement fines, elle possédait dans l'iris une flamme singulière qui trahissait une grande bonté d'âme. Lorsqu'elle me prenait entre ses bras et caressait mes cheveux, je ressentais un intense contentement. Durant les jours noirs de notre exode, elle éclaira ma route.

Au moment où la chaleur semblait avoir raison de nous, un bosquet nous offrit son ombre rassérénante. Nous nous y réfugions, la bouche ouverte, prêts à saisir la moindre moiteur de l'air. Las ! En ce lieu, le vent venu de la mer ne savait pas souffler.

*

Bientôt, une gorge profonde et noire nous ouvrit ses lèvres de rocaille. De défilé si profond, nous n'en avions jamais traversé, sinon dans nos rêves les plus sombres, et encore ! Picoulet nous confia qu'il avait entendu, dans le temps, que ce canyon appartenait au malin, et qu'il abritait des esprits mauvais.

Devant les visages tordus de méfiance de ses villageois, Bernard prit les devants :

— On raconte bien des sottises, mais moi je tiens à vous assurer que le Verdouble n'appartient à personne, sinon à ceux qui s'y désaltèrent.

Notre « Bon-Homme » lui aussi tentait de nous rassurer. Il nous promettait même la protection divine. Mais le mal était fait, et les réticences ne furent pas levées pour autant.

Moi, j'imaginais d'horribles créatures noires tapies en chaque recoin, des striges, des diablotins, des fées mauvaises. Pas très rassuré, je serrai très fort la main de Guillotte. Pourtant, exhortés par le comte et Mathieue, poussés par Pons, nous dûmes nous engager dans cette gueule noire à l'aspect effrayant.

L'eau étale de la rivière se mourait en nappes bistres. Le soleil refusait de prêter ses rayons à ce monde de nuit, et les rares plantes qui s'aventuraient en ce lieu semblaient chétives. Nul animal ne s'y risquait, sauf peut-être quelque « freux » attiré par le secret de ces abîmes. Des cavités ombreuses apposaient sur la pierre des murailles, de vilaines cicatrices. J'y devinais, mais c'était sans doute un effet de mon imagination, des yeux effrayants, et des gueules ouvertes.

Les fugitifs de Durban s'étaient resserrés derrière leur chevalier, dont la carrure les tranquillisait un peu. Moi, accolé à ma tante, je n'avais d'autre préoccupation que d'arriver vitement à l'autre bout de ce tunnel obscur. Tous mes amis, je le sais, craignaient de voir fondre sur nous, du haut de ces montagnes, des ribauds de Toulouse, des Maures venus de l'autre côté des montagnes, ou des croisés égarés !

Bientôt, heureusement, les murs s'espacèrent, la lumière du jour se fit plus franche et la plaine, douce et amicale, nous reçut enfin.

— Dans quelques heures, nous aurons Quéribus à une portée de flèche, lança Bernard.

*

Nous vîmes passer une troupe armée de chevaliers amis qui galopait à vive allure, au large de notre itinéraire.

— Ce sont ceux d'Aguilar, ou de Quéribus, je ne distingue pas bien leurs armoiries, dit Bernard en fronçant les sourcils afin de mieux les observer.

— Où vont-ils ? demanda Bertrand Lasbordes.

— À Carcassonne sans doute, ils lui doivent quarantaine, répondit le seigneur de Durban.

Carcassonne était notre capitale. Tous, je le sais, pensaient à Trencavel, le bon Vicomte qui allait tantôt se frotter à ces chevaliers du nord. Guillotte fit quelques incantations afin de protéger le jeune noble de toutes les menaces qui pesaient sur lui.

Jamais il n'avait fait à Durban l'honneur d'une visite, mais certains juraient avoir vu quelquefois flotter son « gonfalon » sur le plateau.

Bientôt, un village nous accueillit. Au dire de notre comte, on l'appelait Padern. Padern était quasiment vide. Presque tous ses habitants avaient disparu, et les vantaux des commerces fermés donnaient aux ruelles un air de triste abandon. Des chiens jappaient devant des portes désespérément closes.

— Les villageois se sont réfugiés au château, ou se

sont enfuis, dit Bernard.

Dans l'une des rares habitations encore occupées, on nous offrit des *pégaus* d'eau presque froide. Raimon et Ermengarde Solen, deux irréductibles paysans installés là depuis des générations, refusaient catégoriquement de quitter leur terre. Raimon comme pour s'excuser de ne pas s'être enfui nous adressa une sorte de supplique :

— À quoi servirait de partir quand nous n'y survivrions pas ? Notre seule fortune est là, au pied du village, deux arpents que mon père a retournés tant de fois qu'il y a usé sa vie.

Il confia à Pons une bourse pleine de « melgloires » à remettre à l'évêque cathare du Quercorb, homme de foi réputé pour son talent à faire fructifier les avoirs.

— Entre vos mains, nos économies risquent moins que dans notre solier.

Raimon Solen roulait ses mots comme on roule une futaille. Ses sourcils ressemblaient à des halliers de bugrane, et son habit crasseux cachait mal un corps plus adapté au binage qu'aux plaisirs de l'esprit. Ermengarde flottait dans une tunique rapiécée, dont l'échancrure laissait deviner une poitrine aplatie. Son sourire d'une étonnante douceur nous séduisit.

— N'ayez crainte, votre bien vous sera rendu en temps voulu, augmenté d'un substantiel bénéfice, assura Pons qui remit aux paysans une lettre de change.

L'Église Cathare savait gérer l'argent de ses fidèles auxquels elle ne manquait jamais de verser intégralement les sommes dues.

Bientôt, ces braves paysans s'inclinèrent par trois fois devant Pons, et nous souhaitèrent bonne route. Je sais aujourd'hui, car on me l'a rapporté, que la pauvre Ermengarde fut forcée puis égorgée par quelques routiers de passage, et que Raimon fut découvert pendu dans son solier. Ils avaient préféré la mort à la fuite. J'espère que notre Dieu d'amour les a accueillis en son saint paradis.

Alors, le chemin déroula à nouveau devant nous, son tapis de rochers, de collines, de monticules abrupts.

Menait-il vers la liberté ?

Chapitre X

Montségur, printemps 1243

Maintenant, les cassines de planches où logent militaires et pèlerins, résonnent de cris enroués, de chants religieux ou de prières. Des paysans affolés sont arrivés de Laroque d'Olmes et de La Bastide, fuyant les premières troupes françaises du Sénéchal royal Humbert de Beaujeu. La peur commence à gagner la contrée. Les habitants espéraient que l'host du Diable passerait au large, ou que Raimon de Toulouse viendrait à leur secours. Hélas ! il faut se rendre à l'évidence, depuis plusieurs jours, les Français se rapprochent dangereusement de Montségur.

Sur le pog, sous les courtines ou à l'extérieur de la forteresse, se déroulent de nombreux conciliabules entre soldats. On met de plus en plus de soin dans la préparation des armes et, avant même que des dispositions officielles soient prises, chacun ici se prépare à combattre. Un élan de spiritualité envahit également la forteresse, comme si le danger rendait Dieu plus nécessaire.

*

Assis en haut d'un escalier de pierre, appuyé au mur du castel, j'aime à regarder vivre la petite communauté de Montségur, elle constitue ma dernière famille. Mon regard embrasse la campagne, des hautes montagnes à crâne blanc, au lointain pays de Sault. Le Saint Barthélemy se pare d'une étrange vapeur nacrée, tandis que la « Frau » disparaît complètement sous des voiles épais. J'ai peur pour ces pauvres nécessiteux dont le seul but était de vivre heureux, loin de la guerre. Je me console en pensant que si Dieu a voulu cette citadelle, c'est dans le but de favoriser en son sein la religion des Purs. J'ai confiance en sa toute-puissance, et je sais que bientôt notre foi pourra à nouveau s'exprimer librement ; sinon, à quoi auraient servi tous ces martyrs ?

Là-haut, un aigle gigantesque dépose sur le « pog » son ombre insaisissable. Cet animal-là, je le connais bien, il règne depuis longtemps déjà sur la « Frau » et les collines environnantes. Il me rappelle celui qui s'envola le jour où s'éteignit le vieux Maury Micheu ; mais de ce mystère-là, je saurai vous reparler tantôt…

*

Depuis quelques jours, de plus en plus de paysans rejoignent la citadelle. Car les premiers contingents de l'armée ennemie ont été vus du côté de Labastide, vers Montferrier et également vers Benaix. Au début, ce n'étaient que quelques troupes, puis, peu à peu les camps émaillèrent la campagne. Les saccages ne tardèrent pas ; dans les villages des environs, les caves et les greniers reçurent des visiteurs inamicaux. Bientôt, d'indésirable, l'occupant devint honni.

Les gens de la région préférant garder leurs provisions, par crainte d'une longue présence ennemie, nous avons de plus en plus de mal à nous ravitailler. Les vivres commencent à manquer.

Je ne saurais blâmer les petits paysans d'Olmes, ils

n'ont pas nos murailles pour protéger leurs biens. Nous comprenons leur réflexe de survie, mais si Montségur capitule, qui aura la force de les défendre face aux envahisseurs ? Pourtant, rien ou presque n'a changé sur le « pog ». Ne croyez pas que nous, les ministres cathares, avons abandonné notre mission. Bien au contraire ! Nous partons régulièrement, sur l'ordre de Bertrand Marty, en tournée pastorale dans nos contrées respectives. Cela nous fait le plus grand bien, de voir qu'ailleurs, malgré la guerre, malgré l'inquisition, la foi en notre Église est encore vivace.

À notre retour, la communauté nous paraît plus unie, plus belle, et quand un frère nous interroge, nous sommes heureux de partager avec lui le bonheur dont s'est gorgé notre cœur au contact des fidèles. Là-bas, dans les bastides, dans les châteaux, même si la discrétion est devenue la règle, notre religion ne semble pas trop affectée. Et si les bûchers ont tenté d'anéantir notre Église, ils ont surtout éclairé l'âme de tous ceux qui les ont approchés.

Nous sommes au début du printemps mille deux cent quarante-trois, tout laisse à penser que rapidement, les Français seront opérationnels au pied du « pog ».

*

Dans l'habitation de Péreille où je fus invité, je découvris des visages tendus par la crainte. Les Seigneurs n'en finissaient pas de palabrer sur l'avancée ennemie, sur la stratégie à adopter, sur l'espoir de voir un jour les étendards de Toulouse emperler l'horizon. Dans ce donjon vétuste, vivaient plusieurs familles entassées, presque aussi mal logées que nous en nos masures spartiates. Tapis dans un coin sombre, les enfants cherchaient, loin des adultes un peu de chaleur. En compagnie de plusieurs autres frères, dont Clamens,

Raimon Agulher, Jean de Combel, Peyre Sirven et Bertrand Marty notre évêque, je pris un frugal repas, à la table des Seigneurs. Soudain, coupant court à une discussion plutôt animée, Raimon de Péreille se leva, et nous entretint de la situation :

— Mes amis, nul n'ignore ici que les troupes françaises se massent dans le pays. Elles seront bientôt à nos portes, dans l'espoir de nous faire capituler. Je puis vous assurer que l'accès à la forteresse est bien protégé. Les lices qui entourent le « pog », lui font une protection imperméable. L'eau ne nous manque pas. Et si les autres citadelles ont du baisser les bras à cause des pierrières, sachez qu'ici, ces armes sont inutilisables, car pour les acheminer jusqu'à nous, l'ennemi devrait franchir d'impossibles falaises.

Il nous demanda de soutenir plus encore le petit peuple de fidèles que nous visitons, et de lui donner espoir. Péreille se débattait tel un abbé en chaire, afin de nous persuader. Je ne savais pas si ses joues étaient rougies de fièvre ou d'exaltation. Son corps amaigri par tant de privations nageait dans un habit trop grand. Je le trouvais vieilli ! Son visage hâve, cherchait c'était visible, l'expression la plus convaincante. Il savait se montrer pathétique, ô combien, quand il défendait les intérêts de sa citadelle !

La prière nous réconforta.

Avant de rejoindre ma case, je m'entretins quelques instants avec Esclarmonde, la fille de Péreille, handicapée depuis sa naissance. J'aime à discuter avec elle des choses de la religion. Sa pureté, sa connaissance, la douceur de sa voix me transportent. Nous partageons Dieu. J'éprouve à son envers une grande affection.

*

Ce jour du quinze avril, chacun vaque à ses occupations : les militaires s'agitent sur les courtines, les serviteurs s'appliquent à leur ouvrage, nous, les « Bons-Hommes » nous prions, agenouillés sur une pierre, ou retirés en nos maisons. Afin d'être agréables à Péreille, depuis quelque temps, nous recevons de manière plus fréquente, les sergents, les chevaliers, les écuyers, mais également les valets, les marchands, les enfants et même les épouses. Il n'est pas rare d'ailleurs, de voir une « amassia » frapper à notre porte dans le seul but d'entendre la « parole ». Elles aussi se sentent happées par Dieu. Mon admiration est immense envers ces femmes venues se mettre, uniquement par amour pour leur homme, dans une situation périlleuse. Certaines d'entre elles, exaltées par l'Esprit divin, ont même pris la « vêture ».

À l'instant, une oraison monte du village, reprise par mille voix unies. Tout ce qui se passe aujourd'hui me rappelle une autre forteresse, perdue sur le causse du Minervois, isolée, délaissée…

Une foule d'images attristées submerge mon esprit ! Mon cœur est gros de chagrin, je me souviens…

Chapitre XI

Juillet 1209, sur la route de l'exil

… Je me souviens de ce mois de juillet mille deux cent neuf, la route de Quéribus martyrisait nos corps meurtris. Nous guettions tous l'instant béni où Bernard annoncerait le repos. Dans nos têtes se dessinaient des fontaines aussi claires que le ciel, des prairies à l'herbe tendre où nos corps épuisés trouveraient enfin le repos. Hélas ! devant nous s'étalaient des plaines arides écrasées de chaleur qui ne nous offraient que grises caillasses et cours d'eau desséchés. Dieu, que nous aurions donné cher pour retrouver la douceur de nos ruelles, et la fraîcheur rassérénante de la « Berre » !

L'espoir de revenir chez nous, plus tard, lorsque la paix aurait triomphé, lorsque Trencavel aurait bouté hors ces sales croisés, entretenait en nos cœurs une flamme vive. Ermessande l'ancienne affichait des signes évidents de fatigue. Déjà usée par la vie, elle méritait sans doute mieux que cette fuite cruelle. La pauvrette, dont certain disaient en « clabaudant » qu'elle avait connu la première croisade, s'était retrouvée démunie, suite à l'assassinat par des voleurs, de Raimon, son mari le « regrattier », qui courrait de ville en village pour vendre les denrées achetées à Narbonne ou à Toulouse. Sans la bonté de Bernard, elle n'eut pas survécu.

Sous nos yeux, chaque rocher, chaque maigre bosquet, chaque mur de clôture s'auréolait d'une fine vapeur qui le faisait danser. La nature entière pliait l'échine sous les assauts de l'été. Les fines ramées des massifs bordiers pendaient, pitoyables, telles des langues desséchées.

Derrière nous, signes avant-coureurs du désastre, s'élevaient des fumées blanchâtres.

— On nous suit ! s'inquiéta Mathieue.

— N'ayez crainte madame, tantôt la nuit tombera, et nous serons à l'abri, la rassura Bernard.

— Ils sèment la désolation, je le devine au vol irrégulier de la bondrée, dit ma tante qui suivait des yeux un beau rapace dont le vol dessinait à l'azur d'étranges arabesques.

Désireux de connaître la suite, tous se pendirent à ses lèvres, mais la nécromante se contenta d'étouffer un sanglot. Guillotte ne voulait pas répondre, peut-être parce qu'elle refusait de nous infliger l'horreur d'une effroyable vérité. Moi, qui la connaissais bien, je savais analyser ses silences, les absences de son regard, le rictus de sa bouche, je savais reconnaître ses détresses, lorsque, confrontée à de terribles certitudes, elle se refermait sur elle-même, telle une primevère défleurie.

Elle avait tout deviné.

À chaque pas, nous faisions un effort pour préparer le suivant. Moi, misérable enfançon, étourdi de fatigue, j'avançais sur ce sentier poussiéreux, sans autre envie que celle de voir un sourire éclore sur la bouche de ma tante. Et ce sourire se fanait, sitôt que je croyais l'apercevoir ! La détresse nous habitait tous. Elle ramenait en mon esprit les heureux moments passés au milieu des miens, dans notre maison de Durban. Je revoyais mon père, assis au bord de l'âtre, contant une histoire de croisade ou un épisode entendu à la ville, de la lutte de nos voisins espagnols, contre les Maures. Mère et moi l'écoutions, admiratifs, serrés l'un contre l'autre, le cœur battant.

Maury Micheu arrivait à la fin du voyage, et ça, Guillotte le savait aussi. Alors, pendant que Bernard nous parlait de Quéribus, notre prochaine étape, pendant que Pons récitait des psaumes afin de ramener notre pensée vers Dieu, elle s'occupait à consoler le vieilleux.

Passé complies, c'est à même le sol que nous trouvâmes enfin le repos désiré. Les fèves accompagnées de galettes de blé, furent bonnes à nos estomacs, l'eau des outres, malgré sa tiédeur, réconfortante à nos gosiers.

Bientôt, la lune dévoila son cercle d'or.

Ce qui se passa au cours des heures suivantes, jamais je ne l'ai oublié. L'air du soir portait jusqu'à nous une infinité de cris, de gémissements, de bruissements ; la nature semblait hantée par une ribambelle d'entités qui animaient l'obscur. Enivré de fatigue, je versais des larmes chaudes. Parfois une lamentation déchirait la nuit. Soudain, alors que le sommeil glissait en nous, une ombre noire déambula entre les corps allongés ; c'était l'ombre de Guillotte. Je la suivis du regard, jusqu'au talus bordier où elle s'immobilisa. Le souffle léger du Cers jouait avec la silhouette fantomatique des cyprès, qu'il faisait baller ; des piaillements confus répondaient au chuintement du vent dans les ramures. Quelques oiseaux de mauvais augure saccadaient leur vol au-dessus de nos têtes, tandis que mille insectes s'abreuvaient à la source salée de nos peaux moites. Énervés, les chevaux ne cessaient de hennir. J'entendais la voix étouffée de Bernard qui les consolait, et parfois, dans le soir, le tapotement de sa main sur une encolure. Gui d'Escayrol ne dormait pas. Son pas rassurant indiquait qu'il veillait sur nous.

Soudain, un hurlement traversa les ténèbres. Je reconnus le cri inquiétant d'un loup.

— Ne craignez rien, murmura Gui.

Survint alors un événement extraordinaire : là-bas, sur son talus, Guillotte leva les bras au ciel et entama une bien étrange gambade. Elle virevolta, sautilla, entraînée par un invisible chef de ballet. « Elle est devenue folle », pensai-je. Subitement, elle paraissait plus leste, plus jeune. Son corps se contorsionnait, se penchait en arrière et s'écartelait d'une manière que je jugeai anormale pour une femme de son âge. Tantôt, à son côté, je crus déceler la forme oblongue d'un animal. Je frottai mes yeux afin de mieux voir. Guillotte et la bête se mirent à tournoyer. Puis la danse cessa, et ma tante vint se coucher près de moi, hors d'haleine.

Le lendemain, Guillotte garda le silence sur cet épisode, toutefois, à dater de ce jour, la silhouette d'un loup gris nous apparut souvent, au bord du chemin ou au sortir d'un bosquet. C'était un bel animal au pelage cendré, qui semblait connaître par avance notre itinéraire. Il s'arrêtait loin de nous, nous regardait, puis s'éclipsait soudain, avant de resurgir plus tard, animé de la même impatience. Ces yeux troués en oblique, ces oreilles bien dressées, ce large poitrail si gris qu'il en était blanc, cette queue prolongée de noir, nous devenaient familiers. Au début, l'animal fut un objet de curiosité, mais au fur et à mesure, de nombreuses interrogations nous assaillirent. Picoulet, « veneur » à ses heures, assura qu'un loup ne quittait jamais son territoire. Ce mystère supplémentaire apporta sa part de merveilleux à notre fuite.

À matines, nous reprîmes la route. Toutes nos pensées dirigées vers Quéribus, nous avançâmes sur des sentiers jalonnés de fardeaux abandonnés ou de cadavres d'animaux à moitié dévorés. Des groupes de paysans en pleurs déambulaient, à la recherche d'un quelconque secours. Curieux de connaître notre destination, certains nous hélaient, puis subitement, s'évanouissaient, avalés par une sente. La fatigue nous submergeait ; longtemps le château espéré se déroba à nos regards.

Des chevaliers blessés nous accompagnèrent quelque temps. Ils arrivaient du Bitterrois, où ils avaient combattu des troupes errantes de routiers, drainés par la croisade.

Plusieurs des leurs y avaient laissé la vie. Par ordre du Seigneur d'Aguilar, leur Maître, ils nettoyaient le pays de cette peste nauséabonde accrochée aux braies de l'host Romain.

Usant de tout son talent et de quelques électuaires de sa composition, Guillotte soulagea les plus atteints. En récompense, ils nous donnèrent maints détails sur les forces en présence à Carcassonne.

— Notre capitale est invincible, jura un soldat à l'allure juvénile.

— Croyez-vous vraiment que ces croisés du diable n'en viendront pas à bout ? demanda Labordes.

Le chevalier fixa le fugitif en souriant.

— Sa quarantaine achevée le gros de l'armée papale repartira, et même si les évêques prêchent cette croisade, les rangs ennemis ne manqueront pas de s'éclaircir.

Son œil brillait d'un éclat qui me toucha le cœur. J'y lisais la certitude que demain serait meilleur. En voyant s'éloigner ces chevaliers amis, bringuebalés sur des montures épuisées, leur écu pendu dans le dos, je ne pus m'empêcher de pleurer.

*

Lorsque la masse imposante de Quéribus se dressa enfin devant nous, nous crûmes à un miracle. Cette forteresse soudée à la montagne puisait dans la roche une extraordinaire puissance. Dieu vivait en ce lieu, nous en étions certains !

Le loup gris nous devançait sur ces dénivelés impossibles. Parfois il s'arrêtait, perché sur une roche, et nous observait un instant, avant de repartir. Rien ne savait le ralentir, ni les rochers abrupts, ni la proximité de soldats en armes qui s'étonnaient de son étrange manège.

Les murs gris de l'immense citadelle dominaient outrageusement la vallée. Nous restâmes bouche bée devant tant de grandeur.

Une patrouille vint à notre rencontre, chargée de pégaus d'eau claire. Par trois fois les soldats s'inclinèrent devant notre Bon-Homme. Je compris que Quéribus se battait à nos côtés.

Le vieux Maury Micheu n'en pouvait plus, ses jambes chancelaient et son faix trop lourd brisait son échine. Il pleurait. On le soulagea. Guillotte qui savait par avance les malheurs à venir, lui conta quelque légende sur l'au-delà. Aidé par les propos de ma tante et par Picoulet qui lui prêtait son bras puissant, le « pauvret » trouva je ne sais où, la force de grimper les derniers raidillons.

*

Xabert de Barbaira, Seigneur de Quéribus, vint en personne nous accueillir. Ma tante me confia que les Durban et les Barbaira appartenaient à la même branche familiale. Je fus troublé par ce Seigneur, dont la voix roucoulante réchauffait les cœurs. Sa stature avait de quoi intimider. Il régnait sur sa contrée en maître incontesté, et se savait détenteur de la plus forte citadelle de la région, une sorte de verrou inviolable qui fermait la vallée. Bernard nous avait expliqué que Quéribus vivait en intelligence avec ses voisins de Peyreperthuse, de Padern, de Cucuniano ; d'ailleurs, qui aurait osé le défier ?

— Voyez ces ravins, mes amis, quelle armée aurait le courage de les franchir ? grasseya Barbaira.

D'un geste précis, sa main désigna le chemin que nous avions emprunté.

— Là est le seul passage possible pour venir jusqu'à nous, mais il est si étroit que seul un fou y engagerait ses hommes, il les exposerait inévitablement à nos tireurs.

Lorsque notre hôte nous entretint du massacre de Béziers, je surpris dans son regard un éclair attristé. Il disait avoir perdu nombre de ses compagnons dans la chute de la ville, et échafauda devant nous des plans de revanche. Il se montra déterminé à écraser la croisade aux côtés de « Termes » de « Minerve » ou de « Cabaret », et cela nous rassurait. Entre ces murs austères, au milieu de ces chevaliers déterminés, un sentiment étrange de quiétude m'envahissait. Pourtant ici, tout nous ramenait à la guerre ; les soldats à l'exercice, les entrées et sorties permanentes de bellître armés, la foule de fugitifs dépenaillés, la présence attentive sur les courtines d'une quantité impressionnante de guetteurs. Mais rien ne m'effrayait. Au contraire.

Le Seigneur de Quéribus cracha à l'attention de ces catholiques faiseurs de mort, une litanie d'injures, dont la plupart m'étaient inconnues. Il les traita de « Suppôts de Satan », de « Pilleurs de tombes », et leur attribua d'autres qualificatifs sans doute bien plus grossiers encore. Puis il nous quitta sur un dernier enfièvrement.

*

Quéribus rutilait sous ce ciel de juillet. Malgré la rudesse de son architecture, ses murs taillés à même la roche, ses rudes escaliers muletiers, malgré son apparente sévérité, la forteresse me semblait amicale. Elle grouillait pourtant d'une foule effrayée.

On nous fit installer sous les voûtes d'une belle salle arrondie, dans laquelle de nombreux fugitifs avaient déjà trouvé asile.

Le soir tombait sur le rocher, un soir lumineux, où toute chose se teintait d'incarnat. Des pas sur la calade, des hennissements amplifiés par la vallée, une oraison. Si la tristesse de mon deuil ne m'avait à ce point anéanti, j'eus éprouvé quelque douceur au milieu de cet écrin de pierres.

Après le repas offert par les seigneurs de Quéribus, nous entourâmes Pons, qui récita pour nous une belle oraison cathare. Moi, entre les bras d'Aude où je me réfugiai, je goûtai un instant de bonheur irréel. Patiente, la jeune fille m'épouilla. Peyre, lui, s'occupait du cheval de Gui.

Plus tard, couchés sur de frêles paillasses, nous cherchâmes le sommeil… J'ai de cette nuit-là un souvenir intact. Guillotte se leva, attirée par les courtines ou peut-être par l'appel du loup gris. Des voix humaines planaient dans le soir, confondues au croassement lugubre d'un freux, au ululement long d'une chouette, au grésillement incessant des grillons sur les collines. Un souffle accourci nous parvint, semblable à un appel. Maury pantelait, à bout de souffle, à bout de vie. J'entendis soudain avec horreur les cris gutturaux que lâchait sa gorge. On s'apprêta à lui donner la consolation. Et même si l'on m'éloigna sous prétexte qu'un enfant n'a nullement besoin d'approcher la mort, je ne perdis rien de la cérémonie.

Guiraud Mercier le diacre Cathare de passage à Quéribus vint s'agenouiller près du mourant, et lui parla doucement. Les autres villageois, auxquels quelques fugitifs étrangers à Dufort, s'étaient joints, égrenaient le « Notre Père » des dualistes, afin d'aider leur frère à mériter son ciel. Des sanglots sourds se mêlaient aux litanies et à l'oraison. Maury parlait avec difficulté, sa voix me parvenait rauque, presque inaudible. À la demande du « Bon-Chrétien », le vieil homme promit de se conformer à la loi de l'Église Cathare. Le diacre l'admonesta, lui prodigua ses derniers conseils, et lui imposa les évangiles, en priant pour son salut. Tantôt, par l'entremise du religieux, l'Église accorda au vieil homme le statut de « consolé ».

— Par nous, par Dieu et par l'Église, que vos péchés vous soient pardonnés, nous prierons pour vous afin qu'ils le soient.

La mort fit son œuvre dans l'instant qui suivit,

arrachant à Maury un dernier souffle que chacun prit pour un adieu. Revenue auprès de son ami, Guillotte me confia d'une voix étouffée :

— Il a retrouvé le visage de son jeune âge, et ses yeux paraissent vivre encore, maintenant, il connaît le bonheur éternel.

Les larmes de ma tante m'émurent autant que le départ du vieillard. Plus tard, on me raconta que l'ancien corroyeur avait éprouvé pour Guillotte des sentiments amoureux auxquels elle ne répondit jamais. Elle garda néanmoins pour Maury une grande affection.

Les villageois portèrent le corps à l'extérieur, afin que son âme puisse s'échapper librement, et rejoindre le paradis promis.

Le sommeil nous prit alors, comme si la nuit en nous enveloppant dans son manteau d'ombres, s'évertuait à effacer de nos cœurs les obscures pensées. Avant de lui céder, je vis au travers d'une fenêtre, une lune belle, et crus entendre la longue supplication d'une prière cathare. Des images et des bruits peuplèrent mon esprit, un pelage gris, le pas d'un sabot sur la calade, un rire perpétué de loin en loin, le geignement d'un homme près de moi, des voix, la voix de Guillotte :

— Bonjour fils, le soleil est levé déjà, il faut se préparer au départ.

Dehors, les calades vibraient d'une foule remuante. J'eus l'autorisation de monter sur une courtine pour contempler le paysage. Quel éblouissement ! Ah amis, si vous connaissiez la beauté des matins de Quéribus ! Vous vous laisseriez emporter c'est sûr, par ces plaines gorgées d'une lumière blonde, et ne pourriez résister devant le doré des rares champs de blé, ou le vert tendre des vignes tout juste feuillues. Ici, la crevasse bistre d'un ru asséché, là, ces massifs immenses de chênes rouvres, au loin la ligne bleue de la méditerranée, vous empliraient sans doute de leur sublime beauté. La nature déployait sous mes yeux ses ravins et ses escarpements. Le soleil en jouant, passait sous les poternes, il colorait les tours de guet en petites touches lumineuses ou ombrées, alternant les gris profonds des « hourds » et ceux plus clairs des « corbeaux ». Il inventait des grottes, puis parfois désignait de son doigt de feu, les créneaux, les archères, ou l'enroulement incessant des escaliers de pierraille. Le donjon était une cible bonne aux assauts de l'astre roi qui extrayait de la pierre des luisances rieuses. Sous mes yeux, une plaine immense, irradiée de soleil, se parait de mille couleurs…

— C'est un autre pays, dit une voix que je reconnus comme celle de Xabert.

Je tremblais d'excitation.

— Un autre pays ?

— Oui petit, le Roussillon…

Puis complice, le regard pétillant de malice, le chevalier me demanda :

— Comment tu te nommes garçon, et d'où tu viens ?

— Je m'appelle Amiel, Amiel Estanhol, je viens de Durban, avec ma tante et mes amis.

Sa gentillesse et sa simplicité me poussèrent à m'enhardir. Je lui demandai :

— Avez-vous fait la guerre à ces croisés ?

— Certes ! Nous les attaquons dès qu'ils mettent un sabot sur nos terres, bientôt nous irons les chercher dans la vallée, s'il le faut.

— Est-ce qu'ils sont si terribles qu'on le dit ?

— Terribles et cruels, petit, vous avez eu raison de choisir la fuite.

La main gantée de Xabert caressait mon crâne pouilleux.

— Vous ne craignez pas qu'ils ne montent jusqu'à vous ?

— Ici, nul ne saurait entrer, sinon Dieu !

Ma joie était grande d'interroger l'un de ces héros

qui combattaient pour notre liberté. Ses cheveux longs flottaient sur ses épaules et couvraient par endroits le haut de sa tunique bleue. Le baudrier de cuir portait une lourde épée dont le pommeau incrusté de pierres, lançait des éclairs pourpres.

Il faisait doux sur Quéribus, un ciel de saphir nous remplissait d'un singulier bonheur. Le pech de Fraysse disparaissait dans une écume de vapeurs blanchâtres.

— Le vieil Amaury est mort, dis-je au seigneur de Quéribus.

— Je sais, son âme est maintenant sauvée, puisqu'il a été consolé…

J'appris plus tard que Xabert de Barbaira n'appartenait pas à l'Église des purs, et qu'il était resté catholique.

Devant nous, aussi rond qu'un capel, le « roc Fourcat » dressait sa masse verte. Mais il fallait partir, quitter cette citadelle imprenable pour des routes dangereuses, avec en nous, l'espoir vivace de rejoindre Puivert que l'on décrivait si belle, et où notre vie serait si douce !

*

Sur le chemin qui nous éloignait de Quéribus, un aigle nous survola en décrivant au-dessus de nos têtes des cercles magnifiques.

— C'est le Maury ! hurla Guillotte le visage réjoui.

En ce temps-là, j'ignorais tout de ces choses étranges, mais aujourd'hui je sais. Aujourd'hui je sais mes amis. Le soleil nous offrit une lumière plus belle encore, et le rapace en profita pour étendre sur la plaine, l'ombre immense de ses ailes déployées.

Bientôt, alors que la belle forteresse n'était plus qu'une trace ocre sur un rocher clair, le loup gris nous apparut, dressé sur un monticule, le regard planté à l'azur, immobile.

Il observait le grand aigle noir !

Chapitre XII

Montségur, début mai 1243

En ce jour de mai, dès matines, la citadelle des « Purs » s'emplit de fidèles et de fugitifs. La peur se lit sur les visages. Ici, tous trouveront consolation. Venus de Labastide, de Montaillou, de Prades, de Montferrier, de Bélesta, de Mouréous, de Serralongue, ils n'ont pas hésité à franchir la Couillade, à remonter le Lasset ou à braver le col de la Peyre, dans l'espoir de trouver entre les murs de Montségur, un peu de cette sécurité qui leur fait cruellement défaut ailleurs. Certains nous offrent des vivres, d'autres des armes. Chacun se lamente sur son propre sort, sur celui des siens et sur notre pays menacé.

— Ne craignez rien, leur dit Peyre Roger de Mirepoix en désignant d'un geste ample les montagnes bleues, de là-bas, Raimon de Toulouse jaillira avec son armée, et soyez en certains mes amis, ces diaboliques Français comprendront qui nous sommes…

Puis plus doux, la voix mêlée de miel, il poursuit :

— Et si ce n'est Raimon qui nous vient secourir, l'Empereur Frédéric le Germain ne nous abandonnera pas, il viendra, il viendra, c'est sûr.

Mais je sais bien moi, que lui non plus n'y croit pas. Ma longue vie m'a nourri d'expérience, et ces choses-là, ces regards anxieux faussement réjouis, ces hésitations, je les discerne aussi facilement chez un soldat, que s'il se fut agi d'un frêle enfançon.

Les nouveaux venus adorent les « Bons-Hommes » Bertrand Marty et Peyre Sirven qui les accueillent. Plus tard, réunis près du village des religieux, ils écoutent l'oraison. Leur foi renaît, je le devine à leur regard et à leur attitude. Ceux-là pourront rejoindre leur village, libérés de leurs craintes, confiants en notre Dieu. Mais si leur âme se trouve fortifiée, leur corps continue à trembler, car ils n'ignorent pas que leur contrée ne pourra s'opposer à cet ennemi chaque jour plus conséquent. Ils n'ignorent pas que les gesticulations politiques n'annoncent rien de bon pour le pays d'Olmes. Leur seul espoir de paix repose maintenant sur l'invulnérabilité de notre citadelle.

Puisque nous commençons à manquer de nourriture, Peyre Roger doit organiser des sorties de plus en plus périlleuses pour approvisionner sa garnison. Nous, ministres de l'Église cathare, ne souffrons pas de la pénurie, au contraire, en obligeant nos corps à l'abstinence, ces privations nous poussent vers la pureté. D'ailleurs, nous n'hésitons pas à distribuer nos maigres portions aux chevaliers qui en auront bien besoin, le jour où débuteront les combats.

J'ai en moi un grand désir de paix et de prière.

Un aigle noir hâte sa ronde au-dessus de nos têtes. Maintenant, je crois sincèrement que cet animal est une âme revenue, celle du vieux Maury peut-être, qui nous quitta au début de notre exode, dans une salle basse du château de Quéribus.

Mes frères sont en dévotion. Je m'imprègne de la grandeur du paysage, il me force à l'humilité, et souvent m'oblige à m'interroger au sujet de la création. « Diable a-t-il vraiment créé de si belles choses ? » me demandai-je.

Au printemps, la « Frau » est d'une rare beauté. Des reliquats de neige s'accrochent à son sommet, symbole de la lutte opiniâtre de notre Église pour exister encore. Le « Bidorte » brille au soleil de midi. En bas, dans la plaine, une animation guerrière plus intense, me donne à penser que le jour approche où les catholiques voudront prendre Montségur.

Maintenant, des toiles colorées ont envahi les prairies, et des groupes de soldats en armes arpentent les gagnages, au pied de la montagne sacrée. Chaque minute apporte son lot d'accablement. Des troupes bruyantes se font voir : des chevaliers aux écus chamarrés, des galvaudeux, des pèlerins déguenillés. Les charrois de victuailles s'amassent à nos pieds, et des feux allumés sous d'immenses chaudrons transportent jusqu'à nous, de fortes odeurs de viande. Par-dessus les lices, on peut distinguer des troupes en exercice ; le siège se met lentement en place. Parfois, en guise de défi, un tambour nous envoie son sinistre roulement. Il nous parle de guerre, de bûchers et de morts. Dans ces moments-là, je songe à ma foi, et mes pensées se portent inévitablement vers Thibaud de Bayrac, le vieil ermite qui en fut le déclencheur…

Chapitre XIII

Début août 1209, en forêt de Saint Just

… C'était quelques lieues depuis Quéribus, dans les premiers temps de notre exode, au début du mois d'août de l'an mille deux cent neuf. Nos corps saturés de chaleur et de fatigue aspiraient à la fraîcheur des sous-bois. Nous étions passés depuis longtemps déjà sous les murs de Peyreperthuse, le plus grand château de la contrée. Émergeant d'un enchevêtrement de chênes-lièges, de broussailles épineuses et de genêtières, ses hautes murailles nous avaient toisés fièrement. À Cubières sur Cinoble, des « Bons-Hommes » nous avaient offert l'eau, l'huile et les amandes de la bienvenue. Nous avions doublé Galamus et les gorges grises, puis escaladé des plateaux arides où le faix sur les épaules pesait plus qu'âne mort. Une fois contourné le Paradet et traversées les Pradasses, le Bugarach nous avait imposé sa face abrupte, martelée comme un heaume après la bataille.

Tantôt, alors que nos jambes gonflées ne voulaient plus avancer, un bois touffu, semblable à un paradis nous offrit ses douceurs, et salua notre arrivée de friselis légers aux branches des halliers. Nous entrions en forêt de Saint-Just, et je compris aussitôt que cet endroit respirait la magie. Connaissez-vous amis, la forêt de Saint-Just ?

Les chênes chevelus, maîtres de l'endroit, y vivent en intelligence avec des hêtres rameux d'un vert merveilleux, des trembles glabres émus au moindre zéphyr, et des bouleaux aux branches en guirlande.

— Nous sommes sur les terres des « Sermon », Seigneurs d'Albédun, nous ne risquons rien, ils sont des nôtres, assura Bernard en épouillant sa barbe d'un geste vif.

— Vénèrent-ils le Dieu des purs à notre manière ? interrogea Saissa Malet, que les théories dualistes passionnaient.

— Ils le vénèrent de corps et d'âme, eux et les leurs. En leur bastide nous serons bien accueillis…

L'appartenance de Miracla et Bernard Sermon à l'Église Cathare, sembla mettre mes compagnons d'exil d'une excellente humeur. Raimon Labordes chanta même un psaume dont je ne saurais dire s'il était d'inspiration catholique ou dualiste. Toujours est-il que ce cantique, repris par les autres fugitifs, transforma les arbres de Saint-Just en nef de cathédrale. Le trille d'une grive leur répondit, confondu au grincement d'une mésange et au trémolo subtil de la huppe des prés.

Par la profondeur de ses paroles, cette prière nous mit tous en état de grâce. À ce moment-là de notre exode, nous avions un pressant besoin de puiser un peu de courage à la source intarissable de notre religion.

Peyre et Aude que je ne cessais d'espionner, tant leur relation me subjuguait, paraissaient emportés eux aussi par le souffle béni de la foi. Je les écoutais déclamer des phrases pieuses en se tenant par la main. Leur bonheur me plaisait. J'aimais leur façon de se regarder, j'affectionnais leurs sourires partagés, leurs doigts emmêlés. Je réalisai à cet instant que l'on pouvait conjointement aimer Dieu et un être de chair. Je crois qu'en mon cœur naquit l'envie de leur ressembler. Ils étaient le grand frère et la grande sœur que je n'avais jamais eus. Je les aimais. Aude posa une main sur mon épaule et m'invita à marcher à ses côtés. J'aurais voulu que cet instant de grâce ne finisse jamais.

Dans cette immense forêt, quelque chose se jouait pour moi, une révolution interne, un changement fondamental. À l'heure où je suivais docile, mes deux amoureux, je ne savais rien encore des tressautements qu'allait connaître mon âme.

Notre chant trouva sous ces chênes magnifiques, un lieu idéal pour se perpétuer et s'amplifier. Il se coula dans les fourrés, atteignit les cimes les plus hautes puis, par enchantement, nous revint chevrotant.

— Est-ce l'écho, ma tante ?

— Impossible, dans une forêt il n'y a point d'écho, d'ailleurs on dirait une autre voix !

C'était vrai, quelqu'un chantait avec nous. Nous apprîmes tantôt qu'il s'agissait d'un solitaire de la religion cathare, le « Bon-Homme » Thibaud de Bayrac !

Petite cassine misérable, prête à s'écrouler au moindre souffle d'air, sa cabane se tapissait au fond des bois. Ici, la nature jouissait pleinement de ses droits, et tout était Esprit ; d'ailleurs, chacun d'entre nous avait laissé sa hideur d'homme accrochée à la branche basse du vieux chêne rouvre qui surveillait l'entrée de la forêt.

— C'est un ermite, laissons-le à ses prières, proposa Bernard.

Nous nous apprêtions à continuer quand le vieux religieux accourut vers nous. Nous fûmes stupéfaits de sa maigreur. Sur le chemin de l'exil, nous en avions rencontré des mal nourris, mais tels que celui-ci, jamais ! Ses bras décharnés, son visage anguleux, ses jambes osseuses, sa poitrine aussi plate que la lame d'une épée, donnaient l'impression qu'à tout moment il allait se briser. Un vieil habit noir déchiré ne savait cacher d'horribles cicatrices sanguinolentes, dues sans doute à des pratiques expiatoires.

Je tentai de détourner mon regard, mais il fut happé par les deux corindons qui brillaient dans celui de l'ermite. Est-ce à ce moment-là que Dieu pénétra dans mon cœur ? Je ne sais, je ne saurai jamais…

— Je suis Thibaud de Bayrac, je viens du Razés, soyez les bienvenus !

— Que faites-vous seul en ce lieu si éloigné du monde ? interrogea Mathieue en s'inclinant par trois fois.

— Seul, je ne le suis jamais, il est toujours là, auprès de tous ceux qui l'aiment…

Joignant le geste à la parole, il montrait le ciel de son doigt noueux.

Il nous parla d'une voix calme qui contrastait avec le ton autoritaire et prétentieux du curé de Durban ; ses mots s'inscrivirent en moi aussi profondément que les noms des amoureux gravés au coutelas, sur le tronc des bouleaux, aux rives de la Berre.

— Vous semblez fort mal nourri, vous avez de quoi vous sustenter ? demanda Bernard en cherchant dans son sac un morceau de pain.

— Qu'importe mes amis, qu'importe que le corps soit décharné, il n'est que vil réceptacle dont se régale le malin. Ah ! je vous le dis frères, rejetez la matière, et rapprochez-vous de l'esprit, c'est la seule voie qui mène au Paradis…

Ce discours me touchait. Je savais qu'il disait vrai Thibaud de Bayrac, l'Ermite de la forêt de « Saint-Just ».

— Vous savez quoi de cette terrible croisade engagée contre nous par le pape catholique ? lui demanda notre Comte.

Le visage du saint homme se figea un brin, et sa voix se fit plus hésitante :

— Ceux de Sermon me tiennent informé des exactions croisées, mais au fond de moi, je sais que rien, et surtout pas la violence, n'atteindra la vraie foi. S'ils nous prennent la vie, notre pensée subsistera toujours, et s'ils nous torturent, notre âme s'en trouvera purifiée. Non, je vous le dis, nulle action temporelle n'effacera jamais l'esprit qui vit en nous…

Nous l'écoutions passionnés ; il continua :

— Il est légitime de se demander pourquoi Dieu permet aux soldats du diable de semer la mort en son nom. Mais sachez mes amis, que le Très-Haut, dans sa toute-puissance ne s'occupe pas du corps, cette carapace inutile. La souffrance que nous apporte l'host maudit n'est qu'un moyen d'accéder à la pureté. Ne demandons pas à Dieu de nous soustraire aux épreuves qui nous rapprochent de lui, laissons-le agir…

Saissa Malet et Jehanne Marty tombèrent à genoux, tandis que les autres, fascinés eux aussi, joignirent leurs mains et entrèrent en prière. Par la trouée entre deux grands bouleaux, nous observions le ciel, comme pour y percevoir quelque signe divin. Le vieil homme nous interpella :

— Que regardez-vous dans les nuages, pensez-vous y rencontrer la présence de Dieu ?

Nous acquiesçâmes d'un léger oscillement du chef. Le saint homme continua :

— Le royaume de Dieu n'est point au ciel. Si c'était le cas, les oiseaux en seraient plus près que nous humains, si il se trouvait dans le fond des eaux, les poissons auraient la préférence… Non amis, le royaume de Dieu vit en chacun d'entre nous, et aussi à l'extérieur de nous…

J'étais heureux de savoir que le royaume de Dieu vivait en moi !

Le prêche du « Bon-Chrétien » fit grand mouvement en mon cœur ; telle la graine féconde jetée en terre, il donna naissance à un bel arbre indéracinable. Chacune de ses phrases fut un souffle de vie.

Les Lasbordes se jetèrent face contre terre, les Marty et les Malet s'agenouillèrent à leur tour, subjugués. Ermessande Garnier, l'ancienne, interrogea le vieux solitaire au sujet de la mort et du retour des âmes. Sentant poindre à l'horizon le décours de sa vie, elle s'inquiétait des conditions de son passage sur « l'autre rive ». Pauvre Ermessande ! L'ermite la rassura. Guillotte quant à elle, savait trop de choses pour s'émouvoir.

La question qui nous brûlait les lèvres, ce fut la jeune Marquésia qui la posa au solitaire de la forêt de Saint Just :

— Depuis la mort de notre ami Amaury, un aigle ne cesse de tournoyer au-dessus de nos têtes, peut-il s'agir de son âme ?

Le vieux religieux laissa courir quelques secondes d'un silence nourri de mystère, puis :

— L'Esprit qui n'a pas atteint la perfection revient sur terre, même sous la forme d'un aigle ou de tout autre animal. C'est du moins ce qu'enseigne la religion des purs, et moi, j'y crois aussi fort que je crois en la puissance de Dieu.

Tout à coup, le monde me sembla meilleur. Le ciel, la terre, les animaux, et surtout les hommes, m'apparurent différents. J'eus de la création une tout autre notion. À compter de cet instant, chaque douleur, chaque blessure, me donnèrent la certitude que mon âme avançait vers la pureté. Je m'évertuai dès lors, à déceler sous les traits d'un cheval, d'un bœuf, ou même d'un garenne, la présence d'un disparu.

La décision de consacrer ma vie à Dieu, si elle s'initia dans la forêt de Saint-Just, ne prit pas corps immédiatement, elle s'installa en moi un peu plus tard, au pied d'un bûcher, lors d'un siège tragique dont je saurai vous entretenir tantôt.

Chapitre XIV

Montségur, mai 1243

Les gens de Queille sont montés jusqu'à nous, les bras chargés de vin et de miel. Certains nous ont décrit la peur de leurs concitoyens, d'autres plus pragmatiques, nous ont offert des armes, preuve s'il le fallait, que la forteresse des purs n'était pas abandonnée.

Depuis quelques jours, Arnaud Roger fait semblant d'être confiant ; il organise de plus en plus de sorties, et prouve ainsi à tous que Montségur n'est pas coupé du pays d'Olmes. Mais nous, nous savons que déjà les Français pullulent au pied du « pog ». Nous les voyons galoper non loin des premières lices, les gonfalons au vent, pour narguer nos soldats, tandis que la piétaille amassée dans les gagnages s'évertue à psalmodier des prières dont parfois nous parviennent poussées par l'autant, des bribes aux accents pleins de haine et de dénigrement. Il n'est pas rare que par bravade, les catholiques titillent nos défenseurs les plus avancés, n'hésitant pas à tirer ou à croiser le fer si nécessaire. Ce n'est pas un hasard d'ailleurs, si le sergent Guillaume d'Aragon a trouvé la mort devant la protection la plus au sud. *« Un coup des routiers »*, a expliqué Arnaud Roger. Mais nul ne se fait d'illusion, l'étau se resserre autour de nous, tel un serpent malicieux. Bien sûr, l'encerclement mis en place par les ennemis de notre Dieu, laisse encore passer de nombreux visiteurs et marchands, bien sûr nos chevaliers demeurent maîtres des pentes, bien sûr... Pourtant, rien n'est plus pareil ici ; désormais la barbacane de l'orient fait l'objet d'attentions grandissantes et les guetteurs pensent plus à observer les allées et venues des ennemis qu'à chahuter leur belle. Les oraisons de la communauté se font plus pieuses et sont suivies par une foule plus nombreuse.

J'y vois comme un présage.

Chapitre XV

Au pays des Sermon, août 1209

… En ce mois d'août mille deux cent neuf, Miracla et Bernard Sermon nous attendaient en leur castel « d'Albédun ». La nature adoucie dispersait sur notre passage des nuées de fleurs blanches. Des prairies immenses, ensoleillées de tanaisies avalaient la forêt, et offraient leur vert tendre à des troupeaux sereins, que la guerre avait oubliés.

La forme grise de notre loup surgissait par instants d'un fourré, vive comme le trait d'un arbalétrier. Elle nous accompagnait, freinait sa course, nous attendait lorsqu'un passage difficile entravait notre marche, puis s'évanouissait dans une auréole de lumière blême. Nous la cherchions en vain, le cœur empli d'impatience.

Le prêche de l'ermite avait fait naître en nous une sympathie immense envers cet animal. Désormais, pareil à l'aigle noir qui tournoyait au-dessus de nos têtes depuis Quéribus, il faisait partie de notre famille.

Ce passage par la forêt de Saint-Just nous avait passablement marqués mes compagnons et moi, et depuis, nous ne parlions que de religion, de mort et de paradis. Pons nous répétait qu'en chaque être sommeille une satanique présence.

— Mais si en chaque être vit une présence diabolique, que penser de la montagne si belle, que penser du ciel si pur, et de la lune qui illumine nos nuits ? Ils sont habités eux aussi par le malin ? demanda Aude que ces questions intéressaient…

« Le beau est un piège tendu par l'esprit du mal, et le diable, dispose au gré de la création des appâts que l'homme s'empresse de gober, comme la truite la mouche. La douceur des femmes, la beauté de la nature, le désir, la jalousie, l'envie de bonheurs terrestres, ne constituent que nasses perfides où se perdent nos âmes », assura notre « Bon-Homme ».

À cette époque, j'admettais très difficilement que ces champs d'un vert infiniment doux, ces prairies tissues de fleurs, ces arbres majestueux et ces vallonnements d'une inégalable harmonie, puissent contenir quelque essence diabolique. Mais aujourd'hui mes amis, je sais que l'unique beauté est celle de Dieu, que seul l'Esprit peut conduire à la paix, et que l'immense épreuve de la guerre apporte à notre pays une chance unique d'élévation. Je sais que le temporel n'est que passage furtif.

Depuis des jours, une question m'habitait et malgré la difficulté que j'avais à la formuler, je me décidai à la poser à notre Religieux :

— Où sont les miens maintenant, puisque eux aussi ont connu la mort ?

Le saint homme posa sur moi un regard d'une infinie douceur. Sa main passa dans mes cheveux, et quand il me serra contre lui, une vague de douce affection me submergea.

— Ils sont martyrs, Dieu leur a sans doute réservé une place de choix en son paradis.

— Ils ne sont pas revenus dans le corps de quelque « conil », ou d'un autour, ainsi que l'a expliqué le vieil ermite de la forêt de Saint Just ?

— Nul ne peut le savoir fils, nul ne peut le savoir !

Curieusement, ce doute me procura un grand soulagement. Si mon père et ma mère ne reposaient pas près du Très-Haut, peut-être venaient-ils me visiter sous la forme d'un épervier ou de tout autre animal.

*

Nous eûmes ce jour-là la preuve, s'il en fallait une, de la renaissance des êtres. Au col du Parabou, les hêtres laissèrent la place à un replat terreux. La terre fumait sous nos pas ; la terre rouge des Sermon. Mais d'autres fumées montaient du contrebas, produites par une troupe de cavaliers en armes.

— On vient ! cria Gui d'Escayrol.

— Ce sont des croisés catholiques, on devine la croix sur leur poitrine, précisa Bernard en réajustant son capel afin de mieux appliquer la visière au-dessus de ses yeux.

Un vent de frayeur traversa nos rangs !C'étaient des catholiques aragonais emmenés par un moine, et qui cherchaient à rejoindre les croisés à Carcassonne. La troupe était mineure certes, mais ceux de Durban savaient que leur seul chevalier ne pèserait pas lourd, face à quatre épées ennemies.

Nous les vîmes approcher, la peur chevillée au corps, le cœur battant. En principe Aragon ne nous était pas hostile, mais dans ce si vaste pays, il se trouvait hélas, des forces favorables au pape.

L'équipage croisé s'arrêta à quelques pas de nous.

— Vous paraissez bien pressés à fuir l'armée de Dieu !lança le religieux catholique, un frocard au ventre plus gros qu'une barrique.

Une main occupée par les boules de buis d'une « patenôtre », il désigna notre « Bon-Homme » du menton et s'adressa à Bernard :

— Messire Amaury, légat de notre pape Innocent, serait sans doute heureux que nous lui ramenions un de ces hérétiques en guise de présent, et celui-ci nous paraît parfait !

Pour se moquer de Pons, il avait fortement appuyé sur le mot « parfait ». Sûr de ses soldats, et persuadé de ne faire qu'une bouchée de notre maigre escorte, l'ecclésiastique paradait sur sa monture, son visage bouffi contrastait avec les joues hâves de notre « Bon-chrétien ». Bien sûr, il était hors de question pour nous d'abandonner notre « Bon-Homme » à ces brigands. Plutôt mourir !

— Oserez-vous vous attaquer à de pauvres paysans sans défense, vous que protègent de si brillantes épées ? l'apostropha Bernard d'une voix faussement assurée.

— Livrez-moi l'hérétique et je vous laisse le passage, sinon…

— Sinon vous n'hésiterez pas à pourfendre femmes et enfants, ainsi que vous et les vôtres l'avez fait à Béziers, hurla Mathieue révoltée par tant d'arrogance.

L'éclat de rire du moine nous terrifia. Les chevaux espagnols, tout harnachés de cuir, trépignaient d'impatience. Du pied ils creusaient le sol ou hennissaient de colère.

— Faites venir le fils du Diable, il nous guidera jusqu'à Carcassonne où parait-il, l'hérésie tient ses bases ! ordonna le moine.

Gui d'Escayrol sut dès lors ce qu'il avait à faire. Lui, le faidit des Corbières dévoué à la foi des purs, s'opposerait à ces suppôts du mal, même si leur nombre ne laissait entrevoir aucun espoir de victoire. Il verserait jusqu'à la dernière goutte de son sang pour défendre l'honneur de notre Église.

J'ai de ce combat un souvenir intact, il sourd parfois en ma mémoire, telle l'eau du rocher.

Le premier tintement métallique résonna dans la tiédeur de vespres, à la manière d'un carillon d'église. Ce fut alors une avalanche de chocs violents qui nous fit frémir. Tout en égrenant entre ses doigts boursouflés l'objet de piété qui dégoulinait sur sa bedaine, le moinillon excitait les siens. Des cris brefs s'échappaient de la mêlée. Quatre lourdes épées ennemies tranchaient l'air. Submergé, Gui reculait. Il parait, frappait violemment à son tour. Sa lame cherchait entre le heaume et le haubert des catholiques, un passage par lequel elle pourrait s'insinuer. Cris terribles ! Bernard encourageait son soldat d'une voix de tonnerre. *« Vahi, vahi… »* Nous, nous scrutions naïvement la campagne, dans l'espoir d'apercevoir au loin, une colonne amie, ou les gens de Sermon que l'on disait redoutables. Il m'avait semblé voir monter, par delà les collines pelées, une lourde fumée grise.

Les épées volaient et s'abattaient sans cesse sur l'écu de notre protecteur. Soudain un cri de douleur… Gui avait été touché à l'épaule… Lors, « Picoulet », le jeune écuyer, et le Comte se saisirent de grosses pierres qu'ils jetèrent sur les croisés avec une rage telle, que deux d'entre eux durent renoncer momentanément à attaquer notre soldat. De son côté, armé de sa seule serpe de vigneron, « Corbas » menaçait un rude Aragonais, à grand renfort de gestes larges qui ne blessaient que le vent.

Ce tumulte guerrier m'effrayait…

— Dieu, aide-nous ! implorai-je le regard planté dans les nuages…

Et Dieu nous aida ! Oh oui, il nous aida !… En effet, tandis que notre Gui affaibli se trouvait sur le point de succomber sous les coups des Aragonais, un hurlement s'éleva. Puis une ombre jaillit du ravin, l'ombre d'un loup gris ! Effrayée, la monture du gros moine se cabra d'un coup, et faillit désarçonner son cavalier.

— C'est notre loup, c'est notre loup ! s'exclama ma tante.

Le frocard ramena tant bien que mal son roncin au

calme, mais les autres chevaux des catholiques marquèrent également des signes d'énervement, au point même que le combat eût pu, à cet instant précis, basculer à notre avantage.

Le miracle se produisit alors !

— Fuyons, fuyons ! cria soudain le frocard épouvanté.

Les catholiques prirent la fuite sans demander leur reste, et bientôt nous nous retrouvâmes seuls, ébahis. Subjugués par ce qui venait d'advenir.

Mes compagnons, émerveillés par ce qu'ils considéraient comme un prodige, tombèrent à genoux et remercièrent le ciel d'avoir envoyé le loup gris à notre secours. Aux embrassades succédèrent les vivats, et à l'allégresse la jubilation. Ce gris n'était plus seulement pour eux un compagnon de voyage, c'était un envoyé de Dieu.

Mais, moi, je savais.

Dieu me pardonne de dévoiler ici la vérité. Ce n'est pas notre loup, je le confesse, qui fit déguerpir les assaillants, mais l'arrivée inespérée d'une troupe compacte de cavaliers ornés des armes d'Albédun. C'était un groupe de chevaliers aux ordres de Sermon, chargés d'assurer la sécurité des voyageurs sur tout le territoire de leur maître. Par chance, lorsque nous fûmes attaqués, ils étaient sur les traces de ces Espagnols qui avaient eu l'outrecuidance de traverser leur pays sans autorisation.

Ils accostèrent notre groupe et s'arrêtèrent quelques instants près de nous. Quand le comte expliqua à leur capitaine que nous avions failli succomber aux coups d'une équipée de sales croisés venus d'Aragon et emmenée par un frocard pétri de haine, la réponse ne tarda pas :

— Nous leur ferons payer de s'en prendre ainsi à des fugitifs sans armes, soyez-en certains.

Après avoir reçu les congratulations de Pons, de Bernard et de Gui, le chef donna l'ordre aux siens de reprendre la route.

Les Aragonnais et leur moine diabolique allaient sans doute passer un sale moment.

Ceux de Durban s'occupèrent aussitôt du chevalier d'Escayrol. Les femmes l'épouillèrent, ma tante lui frictionna le corps avec une huile de sa composition et pansa ses blessures. Un peu à l'écart des autres, Peyre s'activait à essuyer la lame de l'épée couverte de sang impur. Pons pria.

En guise de remerciement, Bernard et Mathieue firent à leur chevalier un don important en sols « melgloriens », mais celui-ci s'empressa de le refuser.

— Je n'ai fait que mon travail, donnez plutôt cet argent à ce brave loup !

La plaisanterie du chevalier nous amusa fort.

— Mais où mettra-t-il sa bourse ? se gaussa Ermessande Garnier l'ancienne.

— Dans sa gueule, répondit Marquésia en riant.

— Et comment mordra-t-il l'ennemi, si sa gueule est occupée à transporter ses melgloires ?

Chacun ajouta son petit mot sur la manière choisie par le loup pour utiliser son pécule. Guillotte, elle-même, pimenta la discussion de bouffonneries inhabituelles chez elle. Cette intervention occupa longtemps nos pensées, nous y avions lu un signe divin. Car si l'intervention du pelage gris n'avait pas chassé les attaquants, elle avait eu le mérite de leur faire marquer le pas…

Maintenant mes amis, lorsque je vois des pelages gris dévaler les pentes du « pog », je ne peux m'empêcher de songer à Gui d'Escayrol, à Peyre, à Aude, à ma chère Guillotte… ou aux braves chevaliers du pays de Sermon.

Chapitre XVI

Montségur fin mai 1243

L'ennemi s'est installé au pied de la sainte montagne pour une durée qu'il prévoit longue, à en juger par les aménagements réalisés. Chaque jour, des contingents nouveaux grossissent ses rangs : des Basques, des Bourguignons, des Frisons, des Lorrains, des Pyrénéens, des Toulousains, des Albigeois. Oui mes amis, même des Toulousains et des Albigeois ! À la vue de leurs couleurs, notre cœur s'est gonflé de chagrin. Cependant, le bruit court sur le « pog », que si le Comte de Toulouse a dépêché quelques troupes auprès des catholiques, il l'a fait contraint et non de gaîté de cœur. Nous croyons ici qu'à l'heure du combat, le gros des forces toulousaines viendra à notre secours.

Penser de la sorte nous rassure un peu.

Selon une organisation stricte, les troupes croisées commencent à investir les passages stratégiques, et nous savons que bientôt nul ne pourra plus entrer ni sortir du castel de Montségur.

Aujourd'hui, sur les pentes, un accrochage a opposé nos soldats à des routiers avinés. Le sergent Sicart de Puivert, gravement touché au ventre décéda peu de temps après l'attaque. J'ai assisté à sa consolation en compagnie de Peyre Sirven le « Bon-Homme », de Jourdain du Mas, chevalier du clan seigneurial, du médecin Arnaud Rouquier et de quelques-uns de ses amis.

Cette disparition jeta sur le « pog » un voile de désolation.

L'attaque française fut repoussée, mais l'escarmouche démontra à notre garnison que les assiégeants avaient la volonté de prendre la forteresse et non d'attendre passivement sa capitulation. Cette triste affaire poussa les responsables du *« castrum »* à réfléchir sur la stratégie à mettre en place. Désormais, ils devaient non seulement songer à la survie de la communauté, mais en plus, prévenir les offensives ennemies. Le problème se corsait pour Péreille et Mirepoix, dont l'optimiste fondait, c'était net, comme l'été la neige au sommet du « Bidorte ».

Le décès de Sicart, parce qu'il s'ajouta à ceux du sergent Guillaume d'Aragon et de Raimon Ventenac, l'écuyer d'Arnaud-Roger de Mirepoix, survenus quelques jours auparavant à l'intérieur des lices, nous causa un trouble infini. L'idée d'une mort prochaine s'installa en chacun d'entre nous, à la manière d'une fatalité.

*

Dans la citadelle, quelque chose a changé. Les soldats savent que la guerre annoncée est là, à leur porte, et que les beaux jours de Montségur ne sont plus qu'une image floue en leur mémoire choquée. Les artisans s'activent à renforcer les protections ou à confectionner des armes. Cantonnées jusque-là à des occupations ménagères, les femmes en viennent à s'intéresser elles aussi, à la défense du « pog ». Certaines épouses ou compagnes de soldats n'hésitent pas à manier la masse, l'épée ou les armes de trait, tels de vrais combattants. Singulier spectacle que celui de ces sergents montrant à leur belle le maniement de l'arbalète !

Nous glissons sournoisement dans l'horreur.

Les patrouilles, renforcées, se font plus nombreuses, car Arnaud-Roger a donné un ordre clair : ne pas laisser un seul espace sans surveillance. Les visages sont graves. Partout, à chaque coin de la forteresse, des groupes en prière implorent le ciel d'aider enfin l'Église des purs, et tout à l'heure, avec mes frères à l'Oraison, nous avons demandé à Dieu de chasser l'ost infâme.

Lui qui nous a abandonnés si souvent, daignera-t-il nous aider enfin ?

Dans notre petit village adossé aux remparts, nous sommes maintenant près de deux cents, « Bons-Hommes » et « Bonnes-Femmes » à unir nos prières. Seront-elles entendues ? Je me pose de nombreuses questions au sujet de notre avenir : faut-il aller au bout du dévouement pour mériter le ciel ? Est-il possible que tous ces sacrifices soient vains ?

Chapitre XVII

Albédun, Août 1209

Nous savions par les gens de Niort, par ceux de Sermon ou de Lastour rencontrés en chemin, que Carcassonne se trouvait encerclée. Le massacre de Béziers avait semé la terreur dans les villages, et les forêts étaient devenues en quelques jours le réceptacle de toutes les infortunes. Les chemins regorgeaient de troupes errantes.

Nous avions de quoi nous inquiéter pour Durban et nos amis restés sur place.

Les soldats d'Albédun sortaient souvent de leur château, afin de défendre leur territoire contre les routiers jaillis de la Serre de Bec, de la Calmette, du Granés ou de la Jasse. Les sentiers pullulaient de cadavres mutilés, que nul n'avait eu ni le courage, ni la force d'enterrer. Mon cœur d'enfant s'est hélas nourri de ces sombres images.

Guillotte m'entoura de toute sa tendresse. Pourtant, à cette époque, une seule chose m'intéressait : revoir le loup gris. Cet animal singulier occupait toutes mes pensées, et l'idée qu'il pouvait appartenir au monde des revenants embrasait mon âme. Certes je n'étais pas indifférent aux malheurs du pays et de ses habitants, je souffrais moi aussi, mais l'animal estompait tout le reste. Désormais je savais. Rien ne pouvait m'effrayer, puisqu'une fois le cap de la mort franchi, mon âme reviendrait sur terre. D'ailleurs, comment expliquer autrement la raison du bref passage que nous faisons en ce bas monde ? Tout était clair dans ma tête de petit garçon ; avec le recul, quand j'y repense, j'admire la simplicité de ces conceptions.

*

Albédun vivait sous la protection d'un solide castel établi presque un tiers de lieue plus haut à flanc de montagne. Une forteresse de soleil et de vent. De hautes murailles et un donjon d'une robustesse incontestable, donnaient à qui s'en approchait, le sentiment qu'aucune armée au monde ne pourrait le réduire. Escarpements et falaises participaient à cette impression d'invincibilité. Une intense une activité militaire qui n'était pas sans rappeler celle que nous avions côtoyée entre les remparts de Quéribus, régnait sur les pentes du château. Cependant, contrairement à la forteresse de Barbaira, celle de Sermon protégeait un village de paysans et de petites gens. C'est en cela qu'elle nous semblait accueillante. D'autant que de nombreux « Bons-Hommes » fréquentaient ces parages.

Après maintes discussions avec les soldats de la place, on nous reçut dans une salle voûtée, où un capitaine nous fit apporter à boire et à manger. Plus tard vinrent Bernard Sermon et Miracla sa sœur, les seigneurs du lieu, entourés de leurs meilleurs sergents. Albédun était territoire ami. Nous apprîmes de la bouche de Mathieue que Bernard de Durban s'était souvent trouvé engagé dans des luttes aux côtés de Sermon. Ensemble, ils avaient défendu Carcassonne contre Raimon V de Toulouse qui l'assiégeait, puis, une fois la paix signée avec ce puissant seigneur, ils avaient affronté, sous ses couleurs, le Maître de Lomagne.

Pons fut dignement fêté par les nombreux membres que comptait la communauté cathare d'Albédun. D'ailleurs, tous les « Bons-Chrétiens » en exil recevaient ici un accueil des plus chaleureux. En ce lieu, la religion des purs avait quasiment évincé celle de Rome.

On nous attribua un replat verdoyant, bien abrité du soleil, où nous pûmes nous reposer en toute tranquillité. Bernard et Mathieue quant à eux, furent conviés à la table des Seigneurs d'Albédun.

La vallée semblait paisible. Si ce n'étaient ces troupes armées présentes, on aurait pu se croire revenu en période de paix.

Les hautes montagnes bleues se dressaient orgueilleuses, semblables à un mur infranchissable, bâti par des géants pour colmater l'horizon.

Des paysans binaient un sol gourmand de pluies. Des chevaliers galopaient sur les chemins, plongeaient dans la forêt, puis en émergeaient en traînant derrière eux des guirlandes de verdure. Dieu qu'elle était envoûtante cette contrée !

Soudain, un cri retentit à l'orée.

— Au loup, au loup !

Nous nous relevâmes en sursaut. C'est là amis, que je compris combien mes compagnons tenaient à notre pelage gris. Nous ne l'avions pas revu depuis plusieurs lieues, mais nous savions qu'il ne s'éloignait jamais de notre groupe, sinon peut-être la nuit, pour se trouver une reposée le long d'un fossé, ou sous une roche à flanc de montagne.

Ce fut alors sous les murs d'Albédun, une agitation semblable à celle à laquelle nous étions accoutumés, lorsque à l'automne avait sonné à Durban le temps de la vénerie. Des chevaliers sortirent, accompagnés d'une piétaille bruyante et de valets de chiens tenant des meutes liées.

— Je l'ai vu, il est entré dans la forêt, c'est un gros loup gris ! cria un guetteur.

Nous tentâmes vainement de nous opposer à cette chasse. Nos supplications se perdirent dans le tumulte.

Secoués tels de vulgaires fétus de paille, par des grappes de Braques rouges d'Auvergne, de Vautres, d'Artois fauves tachés de blanc, de petits Brachets ras, aux oreilles tombantes, d'Artésiens normands et de bas rouges féroces, qu'ils tenaient en laisse, les valets se dirigèrent rapidement vers le bois, et se déployèrent.

— Découplez ! hurla une voix rocailleuse aux accents autoritaires.

Les chiens libérés prirent la piste, et bientôt, nous ne perçûmes de l'équipée que quelques aboiements étouffés, ou par-ci par-là une voix renvoyée par le vent.

— Il est rusé ce loup, ils ne l'auront pas, assura Authier en balançant les deux troncs de chêne de ses bras.

Je ne comprenais pas pourquoi en terre cathare, des chasseurs s'en prenaient à un tel animal. Ne savaient-ils pas que peut-être, sous cette fourrure grise, vivait l'âme d'un humain revenue ? J'interrogeai ma tante à ce sujet. Sa réponse m'éclaira :

— Tu vois Amiel, ces soldats, cette piétaille, ces valets, ignorent tout des affaires de Dieu, ils n'ont qu'un seul but, ramener la dépouille d'un loup, car cet animal a la réputation de s'en prendre aux troupeaux, et parfois même aux bergers. Voilà pourquoi ils tiennent tant à le chasser, notre gris.

— Mais il n'attaque personne, il veille même sur nous, n'est-ce pas ?

Guillotte se pencha vers moi, et d'un air désolé me souffla :

— Ils ne le savent pas Amiel, ils ne le savent pas !

Chacun tendait l'oreille afin d'entendre les clameurs de la meute. Serrés les uns contre les autres, nous demandâmes au Très-Haut de protéger notre loup. L'enjeu était d'importance : si la bête mourait, cela indiquait que Dieu nous abandonnait, dans le cas contraire, nous étions prêts à l'en remercier vivement.

Au retour des veneurs, nous apprîmes soulagés que le gris leur avait échappé. Quel bonheur ! Nous ignorions tous la nature réelle de cet animal, mais nous suspections en lui une essence Divine. Son apparition opportune lors de notre confrontation avec les Aragonais, sa manière de suivre notre groupe, ses danses à l'obscur faisaient germer en nos esprits de singulières idées.

Un piquier prénommé François s'étonna de notre joie, à l'annonce de leur échec. Agnostique, il s'amusa de nos théories. Nous ne trouvâmes pas les mots qui eussent pu le convaincre de l'existence d'un être supérieur, ordonnateur de toutes choses. Le pauvret ne connaissait qu'un maître, Sermon, qu'une seule foi, celle en la vie, qu'un seul désir, le désir de la chair ! Que pouvaient les mots contre l'opacité de son âme ?

Cette nuit-là, mon cœur battit grande fête.

En m'endormant, je vis des armées innombrables se lancer vainement à la poursuite de notre gris. En m'endormant, j'entendis Guillemette Authier pousser de petits gémissements, semblables aux cris d'un animal blessé. Guiraud son mari, la protégeait en la serrant fort entre ses bras.

*

Nous ne sommes pas restés longtemps chez les Sermon, la route était longue encore jusqu'à Puivert. Dès la prime déjà, nous étions prêts au départ, les ballots posés à nos pieds. Miracla et son frère vinrent nous souhaiter bonne chance. Ils prirent le Comte et Mathieue dans leurs bras, afin de leur transmettre un peu de cette force que possède Albédun.

— Soyez prudents mes amis, la route est périlleuse, et nombre de routiers affamés tenteront de vous détrousser. Tantôt, lorsque vous serez en sécurité, faites-le-nous savoir, cela nous apaisera.

On nous offrit quelques amandes, du pain noir et un peu d'huile, ainsi qu'il était de coutume au pays de Sermon. Des soldats désignés par le Seigneur d'Albédun, nous accompagnèrent un moment, et, une fois passé le bois « del Granés », ils nous guidèrent jusqu'à une rivière bien fraîche, avant de nous quitter.

En chemin, Bernard nous parla de Puivert et du Quercorb, une région merveilleuse où nous allions selon lui, découvrir des choses inouïes. Puis, désignant les montagnes lointaines, il évoqua Montségur.

— Montségur ! s'exclamèrent alors mes compagnons de route.

Nous ne savions rien de Montségur, et à vrai dire, à cette époque-là, la citadelle ne jouait pas un grand rôle, mais la seule évocation de son nom semblait enthousiasmer mes amis. Le bruit courait qu'un grand Seigneur avait entrepris de fortifier le castel construit à la cime d'une haute montagne en forme de pain de sel, afin d'y abriter la « Contre Église ». Authier disait que les remparts du *« castrum »* atteignaient les nuages. Lasbordes de son côté assurait que le diable en personne n'oserait l'attaquer. Pourtant, ni l'un ni l'autre n'y était jamais allé.

Chapitre XVIII

Montségur, juin 1243

Aujourd'hui il fait chaud sur le « pog ». Les Français n'ont pas avancé d'un pouce et le moral revient parmi nos soldats. Le Saint Barthélemy nous apparaît écrasé de lumière. Toute la nature s'est revêtue de feu. Le soleil a posé des flammes sur le « Bidorte », et dispersé de la nacre sur les prairies des environs. Le vent léger pousse jusqu'à nous des senteurs d'herbe coupée, et mêlées aux fumées montant du camp ennemi, des odeurs de mangeaille. Les pluies ont rempli la citerne, ce qui fait dire à certains que Dieu veille sur nous.

Ce matin, un petit renfort nous est arrivé de Labastide sur l'Hers, emmené par Raimon Guilhem. De nombreux pèlerins également, ont réussi à monter jusqu'ici en déjouant les pièges des assiégeants. *« Ceux de Camon, un village de la vallée, réquisitionnés de force par les Français pour surveiller un des postes au bas de la montagne, nous sont favorables »*, nous explique Raimon Guilhem. Comble d'élégance ils font transmettre par les pèlerins, leurs amitiés à Péreille et à Bertrand Marty. Ces informations font le tour de la sainte montagne. C'est pour ses habitants une véritable bouffée d'air frais.

Que soient bénis ceux de Camon !

Jourdain du Vilar, un faidit dépossédé par la croisade, et à qui il ne reste plus une « séterrée » de terre, est venu, avec sa parentèle, joindre son épée à celles des défenseurs. Il fut dignement accueilli. Nous, les religieux, intensifions nos prières, car la perméabilité des lignes ennemies, l'arrivée de renforts et la foi renouvelée de tous ces pèlerins, sont pour nous autant de signes qui augurent d'un avenir meilleur.

Dieu nous entendrait-il enfin ?

Guillelme Marty, la boulangère, est à l'ouvrage plus qu'elle ne l'a jamais été. D'autant que nous sommes maintenant au moment du troisième jeûne, au cours duquel les croyants font une abondante consommation de pain en remplacement de toute autre nourriture. J'aime à la voir pétrir ces petites boules de pâte qu'elle glisse cérémonieusement dans le ventre brûlant de son four. Ces gestes me rappellent une autre boulangère, dans une autre communauté que j'ai tant aimée, il y a fort longtemps.

Parfois Guillelme sculpte des petites colombes de pâte qu'elle cuit et distribue aux rares enfants que compte Montségur. Leurs rires nous comblent de joie. *« Eux, sont notre avenir, ils seront la semence de laquelle jaillira la moisson »*, se plaît à dire Guillelme. Et pourtant, ils sont également des réceptacles dans lesquels s'est incarné le Diable.

Les bruits de forge qui résonnent entre les courtines me ramènent à la réalité de la guerre. Des gerbes d'étoiles s'envolent à chaque coup de marteau, semblables à des papillons de lumière. Les chocs sur le métal me font fermer les yeux. En les rouvrant, je vois des corps enchevêtrés, des armes entassées et des soldats buvant à des *« pégaus »* de vin. Je ne sais pourquoi, à cause des outres de vin peut-être, je repense à l'ami Marty de Durban, et à sa Jéhanne, à Peyre et à Aude dont le destin traîne encore au fond de ma mémoire. Quelle tristesse !

Pourquoi Dieu a-t-il choisi de leur faire vivre un tel calvaire ? Patience encore amis, de ce malheur-là, je ne saurai tarder à vous entretenir…

Des chevaliers au repos prennent le soleil, allongés sur des paillasses usées, ronflant à plein gosier ou jouant aux osselets. La cour de Montségur ressemble à un champ de foire. Une foule compacte s'y réfugie, une foule de mal vêtus, dont les braies sales empestent à une lieue. Un ancien troubadour chante un doux « sirventès », repris par quelque « amasia » à la voix enrouée. Gardé par Garnier et Barthélémi de Belcaire, deux sergents malcommodes fidèles des Mirepoix, le silo à victuailles diffuse de fortes odeurs de viande salée. Les cuisiniers entretiennent la flamme sous d'énormes chaudrons.

Par instants, une prière s'élève.

Je pose sur ces gens mon regard le plus attendri. Ils ont mis leurs espoirs en nous. Ont-ils eu raison ou tort ? Nous, nous leur offrons ce que nous avons de plus sacré, la prière, le savoir, l'amour.

*

Entre Péreille et Arnaud-Roger, les discussions vont bon train. L'un prétend sa citadelle imprenable, l'autre la considère offerte à qui osera l'attaquer. Le sujet le plus vif de discorde est le « Roc de la Tour », exposé à tous les assauts. Le petit ouvrage de bois semble en effet bien fragile au regard de l'immense armée qui prétend nous soumettre, mais sa situation à un angle du « pog » opposé à la forteresse, lui permet de bénéficier d'un atout irremplaçable : la protection des falaises. S'il voulait s'en rendre maître, un ennemi devrait escalader d'impossibles à-pic. Cette opération rendue irréalisable de jour par l'étroitesse des accès, n'est même pas envisageable de nuit.

Pourtant, il faut bien le dire, depuis le début de leur

conquête, ces Français osent là où n'importe qui aurait renoncé. C'est vrai qu'ils ont bénéficié d'une réussite étonnante dans leur criminelle entreprise, et que souvent le sort leur a souri.

Sont-ils aidés par Belzébuth ?

Nous, les religieux, nous sommes loin de ces considérations militaires. Nous savons bien qu'un jour ou l'autre Montségur capitulera ; mais pour l'instant, il incombe à l'évêque Marty de régler la survie de notre Église et de mettre son trésor en sécurité. Pour le reste, Dieu y pourvoira mes amis, Dieu y pourvoira, c'est sûr.

Chapitre XIX

Dans le Quercorb, août 1209.

Au large de Quillan, nous avons rencontré de nombreux attelages de commerçants et quelques colonnes de fugitifs, qui cherchaient par les chemins, une place accueillante. Des soldats de la ville dont on disait qu'elle appartenait aux catholiques nous ont questionnés, mais devant les arguments financiers déployés par Bernard, ils nous ont laissé continuer. Cet écrin de rocaille et de verdure nous plut particulièrement, c'était une vallée fertile où le blé poussait dru, rafraîchie par une rivière vive et bordée de bois impénétrables…

Le Seigneur Bernard nous fit presser. À partir de là, nous avons réellement cru au Paradis. Les forêts étaient belles, profondes et plantées d'espèces que pas un d'entre nous ne connaissait. Lorsque nous traversions une prairie, nos pieds s'y enfonçaient comme dans la boue, tant son sol était fertile. Les blés poussaient si grenus que ceux de nos Corbières auraient paru malades en comparaison, et les bœufs, ici, tiraient d'énormes charrois chargés de gerbes qui eussent rendu jaloux n'importe quel paysan de chez nous.

Des fugitifs exténués se mouraient le long de layons jalonnés de tombes sommaires. Malgré leur fatigue,

Guillotte, Saissa Malet et les Marty se dépensèrent sans compter, au service des plus atteints.

La fraîcheur du Quercorb nous ouvrait ses bras accueillants. Nous désirions nous y plonger et ne jamais en ressortir…

Bientôt, une troupe de chevaliers blessés nous demanda de l'aide. Nos outres l'ont désaltérée et nos derniers aliments l'ont nourrie. Ces soldats venaient de Carcassonne où ils avaient attaqué les arrières de la croisade. Ils auraient bien voulu s'enfermer dans la ville avec Trencavel, mais la capitale était bouclée, et nul n'y pouvait entrer. Tandis que les autres membres du convoi gisaient dans des ravins ou sous quelques « saumées » de terre en Carcassés, eux, seuls rescapés, rejoignaient Puivert leur cité d'origine.

Gui porta secours à un faidit fort jeune, qui hélas, mourut dans ses bras, tandis que ma tante fit avaler aux blessés des herbes bonnes, ou des potions dont elle avait le secret. Ces chevaliers décidèrent de nous accompagner.

Nous avons longé de douces prairies, traversé des bosquets aux senteurs enivrantes. Nous avons emprunté des sentes fleuries et franchi une multitude de ruisselets rafraîchissants d'où jaillissaient en croassant de minuscules grenouilles vertes. Toutes ces richesses nous émerveillèrent.

Des petites maisons languissaient au milieu de champs où des travailleurs s'affairaient sans daigner nous regarder. Leur besogne les captivait plus que tous ces voyageurs de passage.

— Le soleil lui aussi a une odeur en ce pays, lança ma tante.

Tous la fixèrent, étonnés, mais attentifs. Chacune des phrases de Guillotte pouvait receler quelque vérité fondamentale, et il importait de s'en imprégner. C'était vrai qu'en transperçant les brumes, le soleil s'imbibait d'une singulière senteur d'herbe coupée. Il brillait plus que partout ailleurs, et les pierres des murs se chargeaient de sa fièvre. L'air était d'une incroyable limpidité. D'ailleurs, je n'ai retrouvé tant de pureté, qu'en grimpant sur le « pog » de Montségur, quelques années plus tard.

Au loin, des toits de chaume jaillis de la verdure, indiquaient que nous approchions d'un bourg. Les forêts, les montagnes bleues, les vallons enherbés, lui étaient un écrin.

— Nous y voilà ! cria Bernard en désignant du doigt la petite agglomération.

C'est là que nous découvrîmes le lac de Puivert ! Bernard avait eu raison de nous dire que dans cette région, nous allions voir des choses extraordinaires. Cette gigantesque étendue d'eau qui s'étalait au soleil, pareille à un miroir dans lequel le ciel tout entier aurait pu se mirer, ne manqua pas de nous émerveiller.

Quelle immensité mes amis ! On n'en pouvait discerner les limites. Des nappes de lumière diaphane montaient de sa surface qu'un léger vent de Cers ornait de guillochures argentées. Le lac était fait de cuivre, d'argent ou même d'or par endroits. Nous habituer à ses luisances nécessita de longues minutes.

— C'est la mer ? demandai-je à Guillotte.

— Non mon fils, la mer est plus grande, beaucoup plus grande…

— Plus grande ! Mais alors, on ne peut la traverser !

— Il faut un bateau qui nage sur l'eau Amiel.

Je voulais monter sur un bateau, traverser la mer et découvrir ce qu'il y avait derrière. Ça devait être beau un bateau ! Pourquoi n'étions-nous pas partis vers la mer, au lieu de venir affronter ces montagnes ? Seul le vent me répondit, chargé de ce bouquet si spécial, aux senteurs iodées qui montaient de Narbonne !

Les yeux grands ouverts, je m'imprégnai de ce spectacle rare. Le désir de crier à tous que ce pays était bien plus attirant que le nôtre me démangeait, mais en souvenir des miens, je n'eus pas le courage de trahir mes Corbières.

Le souvenir du vieux Maury me traversa l'esprit. J'étais certain qu'il aurait adoré le lac de Puivert, lui que le moindre miroitement de la Berre exaltait. Maury, c'était sûr, regardait Puivert de là-haut ! Comme cet aigle noir qui tournait et tournait encore au-dessus de nos têtes !

*

Des chevaliers entraient au castel, d'autres en sortaient. Le lac captivait tant et si bien notre attention, que nous n'avions pas prêté d'intérêt à la petite forteresse assise sur son piton rocheux. Elle paraissait minuscule sur son promontoire, mais la beauté de son architecture, la finesse de ses courtines, la fierté de ses tours de guet nous surprirent. On la sentait accueillante, mais capable de résister aux importuns, fragile et en même temps tenace.

De nombreux troubadours et marchands s'étaient installés sur un pâtis jouxtant le castel. Des centaines de fugitifs se pressaient à ses portes. C'était un tapage de chants, de harangues, de boniments, un chahut d'armes maniées par des soldats à l'entraînement, d'animaux récalcitrants.

Un gros moine clamait la parole de Dieu à un parterre d'enfants et de petites gens amusés. Des pégaus de vin tenus à bout de bras, déversaient dans les gosiers des traits vermeils qui rosissaient les joues de jeunes garçons rieurs. Le panier pendu au creux du coude, des femmes tripotaient de gros légumes ou s'extasiaient devant de belles dentelles posées sur un étal.

— Épices de Tunis, épices de Tunis ! hurlait un regrattier richement vêtu.

— Barbes et saignées !

Le barbier, criait à s'en briser la voix.

— Soie de Tripoli, soie de Tripoli ! s'égosillait à son tour une vendeuse plus ronde qu'une coucourde.

Des voix répondaient à d'autres voix… *« Tripes, tripes ! Courroyes, de qualité ! Farine de fèves, farine de blé ! »* Un ânier négociait son animal avec un alleutier de passage. Des soldats soupesaient des épées forgées par un artisan du cru.

*

Les Congost et les Durban ayant dans le temps, noué des liens étroits, nous fûmes reçus dans la demeure même du seigneur du Quercorb. Le Comte Bernard enlaça longuement son ami, qu'il n'avait pas revu depuis la consolation et la mise en bière d'Alpaïs, l'épouse aimée de Congost, au printemps de l'an mille deux cent huit.

Chez Congost, tout était beau, les tentures, finement brodées, les meubles, crédences et tables, patinés avec soin, les objets, adroitement sélectionnés, l'entrevous peint de teintes douces au plafond. Chacun admira les musiciens au surcot multicolore, postés en bonne place dans la grande salle, pinçant la « cithare », le « rebec » ou tambourinant sur des peaux tendues. Deux enfants, un garçon et une fille, plus jeunes que moi, jouaient, insouciants, avec des patotes de bois et une épée taillée dans un frêle baliveau.

— Gaillard, Saissa, il est temps d'aller embrasser votre père, cria une grosse matrone enveloppée dans un drap coloré.

Je ne pouvais savoir que ces enfants-là, je les retrouverais quelques décennies plus tard, dans la citadelle des « Purs », au sommet du pog de Montségur, Gaillard au titre de chevalier, Saissa en tant que « Bonne-Chrétienne ». En souvenir des émotions éprouvées à Puivert, j'ai entretenu avec eux, tout au long des jours noirs de la citadelle, des relations profondes d'amitié et de respect.

Un gros chien roulé en boule sur une couverture, faisait semblant de dormir près de la cheminée éteinte. Creusée le long des murs, une rigole glougloutait doucement au rythme de l'eau qu'elle conduisait aux cuisines. Des odeurs d'oignon frit nous emplissaient le nez.

Nous adorions la maison de Congost !

Le Seigneur, à la voix grasseyante, nous vanta sa contrée. Il ne tarissait pas d'éloges sur la valeur de ses chevaliers, sur la rudesse de ses paysans et l'excellence de ses terres dont, assurait-il sans rire, on aurait pu tirer suffisamment de nourriture pour alimenter le monde entier. D'un timbre plus doux et profond, il nous entretint d'Alpaïs, sa tendre épouse morte dans la « bonne religion », consolée par le « Bon-Homme » Arthus, de Paris, près de sainte Colombe sur l'Hers. L'œil éclairé d'une fade lueur, il nous conta la venue au cours de l'année mille cent quatre-vingt-cinq du jeune et prestigieux Vicomte Trencavel, maître de Carcassonne. *« Ce fut alors,* expliqua-t-il, *l'une des fêtes les plus fantastiques que Puivert ait connues ».* De confidence en confidence, Congost nous raconta le passage par son château, au cours de l'été mille cent soixante-dix, de moult seigneurs Aragonais et Castillans accompagnés de nobles dames et de nombreux troubadours. Ils avaient fait halte à Puivert, avant de se rendre à Bordeaux où ils allaient chercher la fille d'Aliénor d'Aquitaine, la fiancée du jeune roi de Castille. Quel honneur pour les habitants de Puivert !

Puis Congost nous présenta sa communauté de « Bons-Hommes » à laquelle Pons, qui devait lui remettre les melgloires confiés par Raimon Solen, se mêla sans attendre. Plus tard, le maître de Puivert nous entretint de la guerre. Là, nous pûmes nous rendre compte qu'il ne paraissait pas effrayé par la tournure que prenaient les événements. Il se disait confiant en Trencavel, et jurait que les tours de Carcassonne sauraient bloquer, puis bouter hors de nos frontières, ces suppôts de Satan qui cherchaient à les prendre.

J'assistai, pour la première fois, à un repas seigneurial. Les valets de pied nous installèrent tous du même côté de la grande table massive qui occupait la salle à manger. Congost se trouvait au centre, entouré de Bernard et Mathieue, et d'un hobereau des environs, accompagné de son épouse. Nous, paysans de Durban, peu accoutumés aux tables des Seigneurs, nous ouvrions des yeux aussi gros que des pommeaux d'épées, en voyant la file des serviteurs qui amenaient les plats. On nous fit l'honneur de blancs-mangers, de pâtés, de charcuteries locales, de légumes en bouillies et d'une quantité de viandes qui, du garenne au sengler, en passant par le chevreuil et les bécasses rôties, nous émerveillèrent. Certains d'entre nous hésitèrent quand même à y toucher, car les paroles de l'Ermite de Saint-Just nous habitaient.

Ce fut sans doute le meilleur repas de toute mon existence. Depuis de longues années, Dieu m'en est témoin, je ne consomme plus la moindre chair animale. J'en ai même oublié le goût !

Ce soir-là, la lune montra un cercle parfait.

Guillotte répondit à l'appel du loup, et virevolta avec lui dans un sous-bois d'où montaient des odeurs capiteuses d'herbe et de fleurs. Les étoiles piquées au ciel semblaient danser elles aussi. La nuit se fit belle, plus belle que jamais.

Puivert représentait ce dont je rêvais depuis toujours. Si ma tante l'avait voulu, nous y serions restés.

Je crois que cette nuit-là, le Quercorb me fit oublier

mes Corbières. L'air de la brune ne colportait que des chants doux, et parfois une rassurante oraison cathare. Les gémissements qui me parvenaient, ne ressemblaient guère à ceux auxquels les malheurs rencontrés nous avaient habitués, plus étouffés, ils emplissaient le soir ! Une pipistrelle s'échappa en zigzaguant. Une hulotte poussa son cri sourd. Il m'apparut alors que la vie ne nous trahirait plus, et que le bonheur s'installerait à jamais en nos cœurs.

Dieu sait à quel point je me trompais !

CHAPITRE XX

Montségur, début novembre 1243

Au printemps passé, à cause des premiers combats, Mirepoix a dû resserrer les défenses. Montségur et sa contrée s'étaient installés dans une triste logique de guerre. Puis vint l'été, avec ses chaleurs accablantes, et l'omniprésence de cet ennemi sans cesse conforté par l'arrivée de nouveaux renforts. Au mois d'août, les échauffourées ont redoublé. Le sergent Guillaume de Gironda, responsable des lices a été mortellement touché. Faye de Plaigne, la « Bonne-Femme » a assisté à sa consolation, en compagnie des frères Vital, de Peyre Roger et de Raimon de Saint Martin qui officiait.

On pouvait heureusement entrer et sortir du *« castrum »*, grâce à la complicité de ceux de Camon qui, je l'ai déjà évoqué, avaient en charge l'une des portes. La citadelle conservait ainsi de nombreux contacts avec l'extérieur, malgré les difficultés que les nôtres rencontraient à chaque expédition.

En septembre, le chevalier Jourdain du Vilar a décidé de nous a quitter. Nous en avons été très attristés, car son assiduité aux oraisons et sa foi faisaient plaisir à voir. D'autres combats l'appelaient, assurément.

Durant ces mois, de nouvelles escarmouches émaillèrent notre quotidien, faisant de nombreuses victimes, dont le vaillant sergent Claret qui fut consolé chez son frère Peyre Vital. Alzieu de Massabrac, l'écuyer de Peyre Roger fut touché, lui aussi, mais heureusement sa blessure guérit, et nous le vîmes bientôt reprendre ses activités auprès de son maître. Nous avons connu, il faut le dire, de redoutables moments de doute, et ce n'est pas l'arrivée du chevalier Hugues de Montjardin qui y changea quelque chose.

Une lettre de la communauté cathare de Crémone nous parvint aussi, amenée par Raimon de Niort, « Bon-Homme » de Bélesta. Elle nous fit plaisir, mais au dire de Bertrand Marty, elle ne contenait rien de déterminant. À Crémone, nos frères vivaient dans la quiétude, certes ils observaient ce qui se passait ici, mais ne pouvaient en aucune manière nous secourir. D'ailleurs, qu'auraient-ils pu faire, sinon prier ?

*

Maintenant, en ce mois de novembre 1243, on se serre sur le « pog ». Le village de « Bons-Hommes » compte plus de religieux que jamais. Dans les maisons tenues par Marquésia Hunaud de Lanta et Rixende de Teilh, les femmes de Montségur se sont réunies pour prier. Chaque instant est désormais employé à de saintes occupations. Selon notre tradition, depuis la Saint Brice, nous jeûnons. L'eau et le pain constituent la base presque exclusive de notre alimentation. Nous y puisons la force d'aimer Dieu, car nos corps se purifient ainsi de toute souillure. Arnaud Rouquier, le médecin vient nous faire la saignée, grâce à laquelle, parce qu'elle nous affaiblit, nous gagnons en sagesse. Je suis certain que cette nuit nous n'entendrons pas de gémissement langoureux. Le vol de la chauve-souris sera plus mystérieux, le chant du coq sauvage plus rouillé encore. Nous sommes le cinq novembre, le soir est clair, la lune magique.

Tout le monde pense que le froid arrêtera les combats, ainsi qu'il le fait habituellement. Nous savons que le sénéchal français Hugues des Arcis, le chef des croisés, ne pourra retenir nombre de ses gens plus longtemps, car leur quarantaine touche à son terme. Chaque heure joue en notre faveur.

Est-ce un geste de Dieu ?

Cependant, Arnaud-Roger n'est pas à l'aise. Dans la journée il a fait doubler les postes de surveillance. A-t-il des informations, ou craint-il un sursaut de l'ennemi avant les grands froids ? Avec Péreille, ils ont fait le tour de la situation. Les lices sont bien gardées, la crête est vide de tout assaillant, et les ravins nous font une barrière infranchissable.

— Ce n'est pas demain qu'ils mettront un pied sur la sainte montagne, a assuré Péreille.

— C'est normal, elle appartient à Dieu !lui a répliqué Arnaud-Roger.

De toute évidence, en s'en tenant à cette formule, le chef de garnison n'avait pas voulu envenimer la conversation. Mais il n'en pensait pas moins Mirepoix, car en bon militaire il savait que l'ennemi ne se contenterait pas de cette attente passive. S'il ne disait mot au vieux Péreille, c'était pour ne pas le fâcher. Son regard se promenait sur le plateau devant lui, puis s'arrêtait sur le « Roc de la Tour ». C'était là, il en était certain, que les Français de Arcis tenteraient une opération. Bien sûr, les falaises se chargeraient de stopper les ennemis, mais Mirepoix connaissait tant la guerre, qu'il se méfiait même d'une mission initialement jugée impossible. Il augmenterait la garnison du fortin sans le dire à Raimon, et posterait des guetteurs le long des à pic. « Seul le diable, se disait-il, saurait trouver les couloirs praticables, et encore ! »

*

Dans nos maisons de « Bons-Chrétiens », les chevaliers, les sergents, les arbalétriers sont en prière. Nous tentons de leur donner l'étincelle de foi qui les transcendera au moment de leur mort. Car nous le savons désormais, l'heure du sacrifice ne tardera plus !

Guillaume Lahille est agenouillé devant moi, je lui parle, je l'écoute aussi. J'aime son courage, j'aime sa détermination, il me rappelle Gui d'Escayrol, faidit des Corbières qui me manque tant.

CHAPITRE XXI

Puivert août 1209

… En ce matin d'août mille deux cent neuf, le jour s'annonçait beau sur Puivert. Depuis notre arrivée, cet endroit exerçait sur moi une fascination telle, que j'en oubliais Durban. Mes compagnons descendirent au lac, où ils décrassèrent leur corps moulu. Les femmes épouillèrent les hommes, avec la minutie de joailliers à l'ouvrage ; c'était leur manière à elles de marquer leur satisfaction d'avoir enfin touché au but. Le village paraissait serein, rencogné entre l'éperon rocheux du château, et la belle étendue d'eau dans laquelle il se mirait. L'animation, en cette plaine fertile, n'était pas sans rappeler celle de nos Corbières au temps de la vendange. Des tombereaux passaient sur les chemins, traînant dans leur sillage les travailleurs en groupes ; les champs s'emplissaient de paysans courbés, de filles en fleur, et de vieilleux appuyés à des branches solides de mort-bois. Le soleil distribuait de-ci de-là, sur l'eau, dans les prés, à la lisière des bosquets, des taches vermeilles d'une beauté à vous retourner l'âme. Partout cette foule, partout cette lumière… Dieu que j'aimais Puivert ! Le ciel se mêlait à la fête en étirant son drap exempt de souillures jusqu'aux montagnes bleues, et plus loin encore. Des oiseaux tournoyaient en bandes espiègles et piailleuses.

— Dis-moi ma tante, comment ça vole un oiseau !

— Est-ce que je sais, moi… à cause du vent… ou peut-être parce qu'il est habité par quelque esprit léger.

Parce qu'il est habité par quelque esprit léger, voilà la solution, oui, les oisaux étaient habités par quelque esprit léger…

Les frissonnements chauds de la lumière semaient en mon être une exquise pagaille. Sans les cendres de Béziers qui continuaient à brûler dans mon cœur, et les nouvelles préoccupantes venues du Carcassés, mon bonheur eût pu être entier.

C'était jour de foire marchande. Je m'extasiais devant les jongleurs, habiles en diable, les cracheurs de flammes, et surtout les équilibristes dont les prouesses me faisaient frémir. Je trouvais bien étrange de rencontrer pareille effervescence en un lieu si proche de la guerre. Le Quercorb possédait-il quelque vertu magique, pour ne pas craindre ainsi l'envahisseur ? Les marchands affichaient un grand calme, les paysans prospéraient, les Seigneurs ne se montraient guère inquiets. Tout en ce lieu contrastait avec ce que nous avions connu.

Nul drame n'avait-il jamais touché Puivert ?

Un conteur qui narrait avec talent l'histoire de « Jean de l'Ours » nous captiva : *« I avia una filha qu'anava far un fais de lhena morta dins le bosc… Il était une fois une fille qui était allé ramasser du bois mort dans la forêt. Un ours la vit, et décida de l'enlever. Il la traita bien, volant tout ce dont elle avait besoin. À force d'attentions, il réussit à en faire son épouse et lui donna un enfant qu'on appela Joan de L'ors ».*

Dans ma tête, ce conte relatait l'histoire d'un esprit amoureux, réinstallé dans un corps de bête. Tout devenait simple ! Comment les catholiques n'arrivaient-ils pas à admettre de si élémentaires évidences ?

*

L'attente fut désormais notre quotidien. Car si la vie continuait en Quercorb, l'arrivée de messagers venus de Carcassonne nous rappelait cruellement que là-bas, dans la capitale des Trencavel, on se battait pour notre liberté. Ainsi, nous pûmes suivre jour après jour, le déroulement du siège. Nous vécûmes avec douleur, chaque étape de la bataille. Les nouvelles n'étaient pas bonnes. Nous apprîmes l'encerclement définitif de la ville, la chute du bourg, celle du Castellar, la médiation ratée du roi d'Aragon.

Un jour de la mi-août, une terrible dépêche nous parvint : Carcassonne venait de capituler, et Trencavel, notre bon Vicomte, était tombé entre les mains ennemies.

Le désarroi s'abattit sur Puivert. Tout le monde comprit que le temps de la liberté s'achevait. Nombreux furent ceux qui pleurèrent, se roulèrent parterre, et se livrèrent à des scènes de désespoir. Ils furent des centaines à s'entasser dans le *« castrum »*, tels des harengs en caque. Les soldats, eux, se préparèrent au combat. Toute la région devint un véritable camp militaire où se succédèrent par vagues, des centaines de chevaliers et gens d'armes, venus du Minervois, des Corbières ou du Carcassés. L'ambiance se transforma !

Les regards affolés se perdaient en direction de Quillan. Par ce chemin désormais maudit, viendraient les croisés, avec leurs machines à donner la mort.

— Quand viendront-ils, ma tante ?

— Ils ne tarderont plus Amiel, ils ne tarderont plus.

Les travailleurs sortirent de moins en moins, et les champs les plus éloignés du château furent abandonnés. Le bayle fit provision de grain.

Bientôt, des nuées de fuyards se montrèrent sur les

collines. Il en vint un grand nombre de Carcassonne, presque dénudés, et harassés de fatigue.

Des ribauds désargentés demandèrent asile à Congost, mais la forteresse ne pouvait plus accueillir quiconque. Alors, ils descendirent dans les prairies, dans l'espoir d'y trouver quelque nourriture. Parfois, ils agressaient les familles de paysans qui leur refusaient l'aumône.

L'horreur s'emparait du Quercorb !

Nous, fugitifs de Durban, nous n'ignorions pas que la route allait nous reprendre. Pourtant, nous avions creusé notre trou dans la chair de ce pays.

La chute de Carcassonne remettait tout en cause. Dans ces conditions, rester en Quercorb constituait désormais un réel danger ! Bernard, notre Seigneur, demanda à Congost quelque répit, afin de mieux connaître les intentions croisées. C'est durant ce laps de temps que nous eûmes connaissance de la nomination à la tête de l'ost catholique de Simon de Montfort, un Seigneur d'Ile et Vilaine, dont la cruauté allait laisser dans nos régions, des traces indélébiles.

Un matin, Congost informa notre comte que de nombreuses places fortes avaient fait leur soumission à Montfort. Le choc créé par le massacre de Béziers et la chute de Carcassonne permettaient aux catholiques de semer la terreur. Bernard décida alors de rejoindre Minerve, la cité de son cousin Guilhem, quitte à tenter le diable en traversant les terres conquises.

Il y eut maintes discussions entre nous, certains de mes amis adoptèrent sans renâcler la proposition de Bernard, d'autres auraient préféré prendre le chemin de Toulouse, afin de se mettre sous la protection de Raimon. Pons préférait Minerve, ville acquise à notre religion. Il assurait que là-bas, ce ne serait pas un Comte et son armée qui nous protégeraient, mais Dieu lui-même. Comment ne pas succomber à de tels arguments ?

— Nous comptons dans ces pays du Minervois des maisons fort accueillantes et de nombreux informateurs, ajouta notre religieux, pour nous donner du courage.

Notre Comte pensait que le prochain objectif des croisés serait Toulouse. Voilà pourquoi il voulait nous emmener à Minerve. Qui plus est, en parenté avec Guilhem de Minerve, il vouait à sa cité une admiration sans bornes. Et puisqu'il fallait se mettre à l'abri dans une ville amie que l'host ne pourrait attaquer sans s'y casser les dents, Minerve paraissait la solution idéale. Guillotte, elle, ne disait mot, mais je lisais dans son regard, quelques lueurs apeurées.

Quitter le Quercorb nous accablait. De plus, le fait de ne pas avoir la moindre nouvelle des Oliba et des Tesseyre, qui pourtant devaient nous rejoindre à Puivert, ajoutait à notre tristesse. Nous considérions que continuer sans eux, représentait une sorte de trahison.

Hélas, nous n'avions plus le choix !

Chapitre XXII

Montségur, autour de la Noël 1243

Je ne dors pas. Des hurlements s'élèvent dans le soir. C'est un signe. Les loups semblent m'appeler. Le cinq novembre non plus, je ne dormais pas. La nuit était belle, claire, calme. De ma paillasse, entre deux lames de bois disjointes, je regardais le ciel. Des étoiles scintillaient. Tout paraissait normal. J'aimais la sérénité des nuits de Montségur. Mille bruits familiers caressaient mes oreilles. Sur les courtines, les défenseurs faisaient leur ronde, tel qu'à l'accoutumée. Leurs pas résonnaient sur la pierre froide. De temps en temps une voix rocailleuse répondait à une autre, parfois une femme gémissait de plaisir. J'aimais à repousser le sommeil pour profiter de cette étrange substance qui peuple les ténèbres. Les événements les plus terribles, les plus insoutenables révélations, disparaissent de ma mémoire, lorsque se déploient sur le « pog » ces noires clartés.

Cette nuit-là, un cri avait réveillé le « pog ». Des hurlements étaient montés de toutes parts, suivis d'un roulement incessant de pas, d'appels désespérés, de mots confus : *« Sur la crête, sur la crête… Vite, vite, ils attaquent… Au Roc de la Tour, au Roc de la Tour ! »*.

De partout on s'était précipité. Des hommes s'étaient

élancés à l'extérieur, dans un tumulte assourdissant fait de chocs, de plaintes, de galops, de courses effrénées.

Envoyé par Arnaud-Roger, un soldat nous demanda de rentrer dans la forteresse.

La guerre était bien là !

Éclairés par des torches aux lueurs chancelantes, les visages reflétaient l'effroi des âmes. Soudain, au milieu de cette bousculade, la voix de Bertrand Marty s'était fait entendre :

— Mes amis, mes amis, je vous en prie, ne craignez rien, Dieu nous regarde et nous aime…

Alors, la prière dépassa tout, belle, unanime, claire comme un rêve de bonheur.

Nous apprîmes un peu plus tard, que des Français avaient escaladé les gorges du « Carroulet » et pris le fortin qui protégeait le « Roc de la Tour ».

De la garnison chargée de protéger le passage, nous ne savions rien, sinon qu'elle n'avait pu résister. Dans la nuit, les soldats du castrum avaient vainement tenté de reprendre la position. Hélas ! au matin, il fallut se rendre à l'évidence, l'ennemi avait posé un pied sur le « pog ». Quel malheur ! D'autant que cette opération, soi-disant irréalisable, s'était produite nuitamment, c'est-à-dire dans des conditions jugées impossibles par les stratèges de la citadelle.

Lorsque nous apprîmes que nos gens n'avaient pas survécu, un vent de révolte souffla sur Montségur. À partir de là, nous avons compris que la position de la citadelle deviendrait vite intenable. Nous nous sommes interrogés sur la nécessité de continuer la lutte. Toutes les interprétations, des plus optimistes aux plus pessimistes, coururent sur le « pog ». Les uns avaient la certitude que nous serions secourus par Dieu ou par Toulouse, les autres, plus fatalistes n'espéraient plus en rien, ni en personne.

J'aurais voulu rasséréner ces cœurs perdus, épandre

dans les âmes le ferment d'espérance, mais les combats qui faisaient rage sous nos yeux leur rappelaient trop la triste réalité de notre situation. Je savais que la plupart comptaient sur un miracle, et, en lisant dans les yeux des soldats ou des petites gens, j'y déchiffrais l'attente impatiente d'un signe divin. Des cris terribles déchiraient le matin de Montségur. Nous ignorions si la couleur rouge qui peignait le ciel était le fait du soleil ou des brasiers allumés par l'ennemi.

La foi fut notre seul refuge. Dans les jours qui suivirent, nos soldats essayèrent d'inverser la situation militaire, sans résultat, hélas ! L'ennemi campait sur nos terres.

La troupe croisée installée sur notre montagne prit peu à peu des proportions inquiétantes, au point que bientôt, c'est une véritable armée qui se trouva à nos portes. Dans une ultime tentative, Arnaud-Roger fit placer des barrières le long de la crête, afin de ralentir l'avance des assiégeants.

Nous, les religieux, nous savions !

La cérémonie du soir de Noël mille deux cent quarante-trois fut empreinte d'une grande componction. Bertrand Marty nous sermonna avec plus de douceur qu'à l'accoutumée, mais la présence si près de nous de cette troupe belliqueuse, lui imposa de prendre une décision importante concernant le trésor de la communauté. Il demanda donc à deux de nos frères, les « Bons-Hommes » Mathieu et Peyre Bonnet, de descendre par la falaise, et en s'appuyant sur les complicités existantes, d'aller mettre nos « richesses » en sécurité dans un endroit connu d'eux seuls. Une étape décisive venait d'être franchie. Mon cœur saigna.

Dieu nous avait-il oubliés ?

*

Nous ne sortons plus, sinon pour faire provision de bois ou démonter pan par pan nos petites cassines dont les planches servent à construire armes et barricades. Montségur devient une prison où nous vivons désormais entassés tels des animaux de basse-cour. Des odeurs fétides se dégagent de chacun d'entre nous. Il faut dire que le rationnement impose à tous de n'utiliser l'eau qu'à des fins alimentaires. Il incombe à Arnaud Rouquier, le médecin, de soulager les plus affectés. Nous, les « Bons-Chrétiens », nous avons un rôle plus important que jamais auprès des petites gens dont l'espoir ultime repose sur Dieu.

L'hiver couvre la nature de brumes noires qui parfois changent le jour en nuit. Des chants catholiques nous parviennent du « Roc de la Tour », des cantiques honnis qui rappellent crûment la présence de l'ennemi, au pied de notre montagne sacrée, et même sur le plateau qui jouxte la forteresse. Par bonheur, si nos soldats ne peuvent chasser les catholiques, nos prières savent répondre à leurs oraisons.

La « chatte » ennemie, sorte d'abri roulant destiné à protéger les sapeurs catholiques des tirs de nos soldats, démonte une à une nos barricades. Ce matin, les guetteurs nous ont appris une consternante nouvelle : l'arrivée sur la montagne, d'une gigantesque perrière.

Notre heure approche.

Prier, ne penser à rien d'autre qu'à Dieu, se souvenir de nos martyrs…

Chapitre XXIII

Puivert, fin septembre 1209

Au mois de septembre le bruit se répandit que notre bon Vicomte Trencavel avait trouvé la mort dans les geôles de sa capitale. À la manière d'une onde désolante, cette information se propagea aux quatre coins du pays. La pieuvre malfaisante des catholiques avançait pas à pas.

Démoralisés, les habitants de nombreuses bastides se rendirent sans combattre. Était-ce la fin ?

Fallait-il dire adieu à Puivert ?

Le lac nous salua de mille éclats dorés. La lumière de matines s'y reflétait en nappes brillantes que la brise tiède ondulait.

— Irons-nous vraiment à Minerve ? demandai-je à ma tante.

— Oui mon Amiel, c'est là que notre Comte désire nous emmener ! me répondit-elle d'une voix étouffée.

Ce nom de Minerve me plaisait bien ! Il évoquait de bien belles histoires que mon père me contait, le soir, avant de s'endormir à mon côté, dans notre maison de Durban. Elles étaient habitées par des chevaliers fort courageux qui galopaient jusqu'à Narbonne et y semaient la terreur, en mesure de rétorsion contre l'évêque catholique. Papa assurait que les soldats nés sur le causse du Minervois se montraient plus rudes à la guerre que n'importe quels autres. Je me souviens avoir souvent rêvé de cette cité que l'on disait accueillante, et fidèle à notre religion.

Guillotte, elle, ne se risquait pas à prédire l'avenir de Minerve. Avait-elle des doutes, ou nous cachait-elle quelque noirceur ? Maintenant, j'ai compris, mes amis ! Je n'avais pas su interpréter ses silences, son obstination à éluder le sujet, et les quelques larmes qui, le soir, glissaient sur sa joue. Depuis la nouvelle de la mort de Trencavel, elle semblait se désintéresser de tout, et lorsque, anéantie par trop de nuits sans sommeil, elle s'endormait enfin, des râles effrayants sortaient de sa gorge, pour exprimer sans doute, dans la solitude de ses songes, une cruelle vérité.

Bientôt, malgré l'invitation de Bernard du Congost à demeurer auprès de lui, la route nous appela à nouveau ! Nous savions que l'expédition serait dangereuse, mais l'espoir de se réfugier enfin dans une ville amie, loin de la croisade, primait tout.

*

Non loin du pays de Congost, en lisière d'une forêt obscure, nous fîmes une rencontre singulière qui nous laissa un goût étrange. Nous avions quitté notre cher Quercorb, et Quillan s'annonçait déjà, quand, sous les grands pins bleutés une odeur acre en laquelle mes compagnons reconnurent celle du charbon de bois, nous attira. Là-bas, au centre d'une grande clairière, des charbonniers s'activaient autour d'un foyer étouffé, dont ils extrayaient d'énormes pièces fumantes de bois brûlé. Ils se relevèrent à notre approche. Leur peau était plus noire qu'un ciel d'hiver, noirs également étaient leurs cahutes, leurs outils, leurs animaux, leurs femmes.

— Bonjour braves gens ! cria Bernard.

Le plus âgé d'entre eux, leur chef sans doute, vint au-devant de nous.

— Qui êtes-vous, et que voulez-vous ?

— Nous ne vous voulons pas de mal, seulement vous demander un peu d'eau pour remplir nos outres !le rassura notre Comte.

Tous les charbonniers, accompagnés de leurs femmes que notre présence intriguait, se pressèrent autour de nous. Sans hésiter, ils nous firent passer de gros pégaus d'eau claire, puis rompirent le pain et nous en firent don. La fumée grise de leur brasier dévorait le ciel. Des animaux attachés tiraient sur des brides tendues, et des enfants plus sombres que la mort jouaient près des tentes de toile, sans s'occuper de nous. Bernard s'empressa de remercier nos hôtes :

— Merci charbonniers, soyez récompensés par Dieu.

— Récompensés par Dieu, mais par lequel ?

Le vieil homme nous avoua que lui et les siens croyaient en trois Dieux : en Jésus, en l'Esprit Saint et en Dieu le Père.

— Si je ne me trompe pas, dit Bernard, le Père, l'Esprit et le Fils, ne font qu'un, non ?

Quelques gloussements amusés s'échappèrent du groupe des travailleurs.

— Depuis quand trois est-il égal à un ? Nous n'avons pas d'instruction, mais nous savons qu'une séterrée de terre n'en fait jamais trois, sinon nous serions les plus riches du pays.

Ils éclatèrent de rire en se massant la panse. Leurs dents presque aussi noires que leur peau semblaient mordre l'air chaud. Ils se claquèrent mutuellement sur le dos.

— Quels enfants ! grommela ma tante.

Le vieil homme nous exposa les principaux aspects de leur religion. En plus de la Trinité, ils croyaient en la forêt, habitée par des Esprits bons, en la montagne, aux

Esgarrapadonas, aux Manticores, aux Striges.

— Ce sont des Esprits païens et non chrétiens, s'étonna Pons.

— Qui vous a dit que nous étions chrétiens ? Notre croyance vient du Nord, le pays de nos pères et des pères de nos pères, évangélisé par le Grand Carlus Magnus. Puis nos mères, arrachées aux montagnes, nous ont appris l'esprit des arbres, des ravins et des oiseaux.

— L'enfer vous fait-il peur ? demanda Mathieue d'un air curieux.

— L'enfer se trouve sous la terre, là où sévissent les dragons et les sorcières, nous n'y voulons pas aller, c'est pour cette raison que nous faisons l'aumône à ceux qui la demandent, à condition qu'ils ne soient pas envoyés du démon !

Puis le regard de l'homme se porta sur ma tante, dont l'accoutrement, fait de pendeloques et d'amulettes, semblait l'impressionner.

— Êtes-vous sorcière, Dame ?

— Que nenni, je soigne ceux qui souffrent et sais lire dans les augures, voilà tout !

Les charbonniers se consultèrent un instant, puis leur chef s'adressa à nouveau à Guillotte :

— Si tu es une bonne sorcière, soigne notre enfant que la vie va quitter, car nulle science ne sait le guérir.

— Je le ferais si cela est en mon pouvoir, où est-il ?

On conduisit Guillotte auprès d'un « béjaune » dont le corps était si menu qu'on eût dit un nourrisson. Sa peau rongée de mille vermines empuantissait la tente où il reposait. Son regard sans vie annonçait une mort imminente.

— Il a mangé le soleil par la tête, dit la nécromancienne, et son corps s'est tant affaibli, qu'il refuse maintenant de lutter contre la mort.

Guillotte frictionna l'enfançon avec une graisse de sa composition, posa sur son front un tissu mouillé, lui fit boire « l'ellébore », soigna une à une chacune de ses plaies, et recommanda aux parents une préparation d'herbes dont elle certifia l'efficacité. Au bout d'un interminable laps de temps, le malade semblait aller mieux, ses yeux brillaient d'un feu nouveau, et sa respiration s'était calmée.

— Merci femme, si l'enfant survit, sois-en bénie et récompensée par tous les Esprits de la création.

— Si vous suivez les conseils que je vous ai donnés, il vivra, j'en fais le serment !

Nous prîmes bientôt congé des charbonniers que l'ouvrage appelait. Un goût étrange envahissait nos cœurs ! Les dogmes de ces miséreux, lorsque j'y repense aujourd'hui, m'attristent, car au milieu de cet enchevêtrement d'idées, ils n'avaient pas trouvé la vraie voie. Leur vie était faite de crainte, et de terreur. J'ai pitié d'eux, pauvres ignorants auxquels le juste Dieu n'avait pas voulu ouvrir les yeux.

La forêt se referma alors, emportant avec elle les mystères de ces ouvriers et leur drôle de religion mi-partie de Catholicisme et de croyances païennes.

Les pins d'un bleu profond caressaient le sol de leurs branches souples. Des oiseaux prisonniers tentaient de s'évader entre les rameaux qu'un vent léger, mélange de douceur et d'humidité, agitait. Puis, dans un grand silence, la route nous ouvrit ses bras cruels.

Plus tard, je demandai à Pons :

— Pourquoi ne savent-ils pas que les arbres les forêts et toutes les choses sont faites du Diable ?

Le Bon-Homme posa une main sur mon épaule, et sans cesser de marcher, m'enseigna :

— Ils n'ont nulle connaissance, et s'ils aiment Jésus, ils l'aiment en croyant qu'il est vraiment venu sur terre…

— Il n'est pas venu sur terre, le Christ Jésus ?

— Il est d'Esprit et non de chair, il est venu pour nous adresser un message, mais il ne peut être de chair, puisque la chair est faite du Diable… Il est le Verbe à l'apparence d'homme…

C'était logique. Cependant, une question me vint que je ne sus retenir :

— Mais alors, quand le curé donne à manger le corps du Christ à la messe, il nous ment ?

— C'est l'Esprit qui vivifie, la chair ne sert à rien…

Désormais je savais que Jésus était fait d'Esprit et qu'il n'avait pas souffert en croix, désormais je savais qu'il ne pouvait être charnel, et cela me réjouissait.

*

À cause de l'armée catholique et des bandes de ribauds qu'elle traînait à ses basques comme une guirlande diabolique, chaque village, chaque bastide, nous imposait d'interminables détours. La fatigue et la peur nous habitaient. Par chance, Guillotte savait composer des boissons revigorantes à partir des simples cueillis au gré de notre itinéraire.

Parfois un fugitif nous informait sur les risques encourus à traverser tel ou tel bourg. Heureusement, des croyants connus de Pons nous assuraient l'asile, et nous aidaient à faire provision de nourriture. Ermessande l'ancienne trimait. Le cheval de Gui me prêta maintes fois son échine. Durant ces épreuves où nous gaspillions nos forces en territoire conquis par l'ennemi, Peyre et Aude avançaient main dans la main, sans faiblir, comme si ce seul contact décuplait leur force et leur rendait la route plus facile. Chacun d'entre eux semblait puiser dans le regard de l'autre, les ressources capables de le soutenir. Quelle belle leçon d'amour ! De son côté, Bertrand aidait sa Marquésia, qui peinait mille maux, les pieds rongés par des plaies purulentes. Parfois même, il la prenait sur son dos, à la manière d'un portefaix transportant un vulgaire fardeau, ou bien il l'installait à ma place sur le roncin de

Gui. Mathieue entonna un psaume, repris à l'occasion par d'autres fugitifs qui cherchaient, eux aussi, quelque forteresse susceptible de les accueillir. Le loup gris hurla souvent, et l'aigle de Quéribus se montra bien des fois au-dessus de nos têtes.

Nous passâmes en pays d'Olme sans trop d'ennuis, car le gros de l'armée ennemie se tenait plus loin, entre montagne noire et Razès. Nous ne savions rien des intentions croisées, mais nous étions convaincus que Dieu veillait sur nous.

À cause de la robe noire du « Bon-Chrétien » qui nous empêchait de passer pour des pèlerins catholiques, au large de Fanjeaux, nous dûmes nous cacher dans la forêt. Pourtant, cette ville avait été le siège d'une belle communauté cathare avec à sa tête Guilhabert de Castres, le « Bon-Homme » qui fut jusqu'à sa mort le plus grand connaisseur de la religion des purs. Dieu puisse bénir son âme durant toute l'éternité. C'était d'ailleurs dans cette ville de Fanjeaux, que Pons avait effectué son noviciat, quelques années auparavant. Si ce dernier comptait dans ces régions soumises, de nombreux amis dont le sort eût pu s'avérer dramatique, il ne s'inquiétait pas pour autant, car, du fait de sa foi inébranlable en la religion cathare, ni la mort, ni la souffrance d'un être, si proche fût-il, ne lui semblait chose terrible à supporter. Pons faisait confiance à Dieu, une confiance aveugle qui le conduisait à négliger parfois les règles les plus élémentaires de sécurité. *« Ce que Très-Haut veut, sera »*, disait-il en guise d'explication à son étonnante sérénité face à la présence ennemie.

*

« Picoulet » et « Corbas » entrèrent dans Fanjeaux afin d'obtenir des renseignements. Ils en ressortirent affligés. La ville avait subi un terrible incendie, allumé probablement par les croisés. Plusieurs « Bons-Hommes » avaient pris la route de Toulouse, d'autres s'étaient rendus à Minerve.

À Montréal, bourgade désormais aux mains de l'ennemi, des soldats catholiques avertis par je ne sais quel moyen de la présence de notre « Bon-Homme », nous donnèrent la chasse, mais grâce à des relations du comte Bernard, nous pûmes leur échapper et demeurer cachés dans une cave, jusqu'à la nuit. Je n'ai plus en mémoire toutes les péripéties que nous connûmes, mais je sais maintenant que sans l'aide de Dieu, jamais nous ne serions arrivés au but.

Partout, des bandes de paysans demandaient l'aumône. On nous parlait de la guerre et de Montfort, cet ignoble Seigneur d'Ile et Vilaine que ses pairs avaient nommé chef de la croisade maudite. Nul n'épargnait sa salive pour clamer son courroux ou déplorer de façon virulente l'intervention étrangère en terre du Sud. En chemin, des fugitifs désemparés nous apprirent que dans le Terménés et les Corbières, des faidits amis se préparaient à contre-attaquer. Nous savions par ouï-dire que les hommes de Terme ou de Lastour harcelaient de plus en plus les arrières de l'armée croisée. Aucun d'entre nous n'en doutait d'ailleurs, car depuis quelques jours, un nombre croissant de chevaliers aux couleurs de nos comtés traversait les régions occupées. Il se murmurait que les villes assiégées tentaient même de se soulever et que les campagnes s'apprêtaient à lancer la reconquête.

L'espoir renaissait enfin !

La nuit, alors que nous cherchions le repos, réfugiés au creux d'une sente ou sous les frondaisons d'une épaisse forêt, Guillotte ne manquait jamais de rejoindre son loup. Parfois elle ne revenait qu'au petit matin presque fraîche, et prête à affronter d'interminables marches.

Comment expliquer cela, sinon par l'action du Tout-Puissant ?

*

Un jour, à vespres, non loin de Saissac, au milieu d'un bois épais qui nous servait de cachette, nous tombâmes nez à nez avec une troupe de preux chevaliers.

— Raimon de Termes ! s'exclama Bernard en reconnaissant l'écu que portait un énorme soldat plus ventru que sa monture.

Ils s'arrêtèrent près de nous et burent à nos outres tendues.

— Merci mes amis, nos gosiers sont secs d'avoir tant chevauché.

C'était une belle cohorte de « bellatores », armés de l'épieu de guerre, de fléaux d'arme, de haches, de lourdes épées. Ils portaient haut le heaume de métal, et pendant dans leur dos, l'écu armoiré. Aucun valet ne les accompagnait. Raimon nous entretint de la guerre, de Carcassonne, puis du malheur qui s'abattait sur le pays. Il sentait fort la transpiration et la crasse mêlées. Il vida deux outres d'eau, et regretta bruyamment que ce ne fût du vin. Le haubert serré sur ses bras laissait deviner une imposante musculature. Avec ses gens, ils venaient de donner une petite frottée aux ribauds de Vasco, dans la plaine, à quelques lieues de là. Raimon disait qu'ainsi, en attaquant inlassablement la croisade, ils décourageraient bon nombre de chevaliers désireux de la rejoindre. Il nous apprit que les corbières avaient hélas, fait l'objet de saccages, et que le pire était à redouter de ces bandes inorganisées, sans chef, sans loi, et surtout sans scrupules, qui profitaient de la croisade pour amasser des richesses.

L'un d'entre nous, je ne me souviens plus lequel, questionna Raimon au sujet de Durban :

— Je ne sais rien, mais je doute que votre bastide ait pu échapper à la fièvre des routiers, répondit le chevalier d'une voix désolée.

Le chagrin nous prit…

Un de ces braves soldats, presque un béjaune, nous demanda d'espérer, et de combattre partout où ce serait utile. Je l'ignorais à l'époque, mais maintenant je sais que ce faidit se nommait Olivier, fils du bouillant Raimon, et ami intime de Xabert de Barbaira. Raimon se montrait optimiste, car les catholiques ne recevaient pas les renforts aussi facilement qu'au début.

Avant de remonter en selle, il serra Peyre Marty entre ses bras, et, d'un air complice lui déclara :

— Petit, c'est toi et ceux de ton âge qui porteront bientôt l'écu de la liberté. Ne te rends jamais, et garde la foi. L'host immonde ne saura triompher éternellement, et ce pays ne laissera pas occire les siens. Toi et tes semblables ne devez pas laisser faner la fleur qui grandit en vos cœurs. Petit, continue le combat ! Car bientôt, nous autres, nous ne serons plus là ! Mais je parle, je parle et le soleil n'attendra pas notre retour, pour se cacher derrière les montagnes… Adieu, mes amis, n'abdiquez jamais !

Sur ces mots, il s'en fut, Raimon de Termes, entraînant sa troupe vers Saissac, où il affronta peut-être les arrières de Simon. Béni soit Raimon de Termes…

La suite des événements fut défavorable, ô combien ! au Seigneur de Termes. Au bout d'un siège de plusieurs semaines, il fut obligé de se rendre aux croisés. Emprisonné, il ne tarda pas à succomber à une sale maladie. Savoir que là où il se trouve maintenant, il possède tous les bonheurs du monde, atténue ma tristesse. Son fils Olivier, lui, eut la chance de pouvoir s'échapper avant la reddition de Termes.

Nous avons parcouru le terrain ennemi, en gardant en mémoire les paroles de Raimon de Termes. Maintes fois notre troupe faillit se faire prendre, maintes fois un secours inespéré ou une circonstance providentielle, nous aidèrent à nous tirer d'affaire. *« Dieu nous assiste »*, concluait Pons en jetant au ciel ses bras tendus.

Ermessande s'étiolait, à la manière d'une vieille chandelle. Nous étions tous dans un état physique tel, que nous ne voulions plus nous regarder les uns les autres. Nos corps dévorés par une insatiable vermine nous démangeaient. Chaque source, chaque ruisseau dans l'eau duquel nous nous nettoyions, nous apparaissaient comme des cadeaux de Dieu. Nous ne manquions jamais de le remercier pour le sous-bois rassérénant, pour l'onde pure, pour le carré de mousse sur lequel nous trouvions le repos.

Guillemette Authier manifestait une fatigue que Guillotte tenta en vain de vaincre. Un mal rongeait notre amie, un mal insidieux que nul ne savait nommer à l'époque, mais qui allait peu à peu la conduire vers la mort. La nourriture manqua souvent, et sans les connaissances de ma tante en matière d'herbes sauvages, aucun d'entre nous n'aurait survécu ! D'ailleurs, survivre devint l'unique préoccupation de notre pauvre troupe, survivre, dans l'espoir de se refaire ailleurs.

Heureusement, après tant de lieues, Bernard de Durban nous annonça une excellente nouvelle :

— Voici le Minervois, la contrée de mon Cousin Guilhem, là, nous serons en sécurité.

Effectivement, nul ennemi ne se risquait sur ces plateaux. Au contraire même, une activité marchande redoublée et de nombreux « Bons-Hommes » qui arpentaient les chemins, indiquaient que le comté vivait librement. Je me souviens de ces religieux cheminant en silence, les yeux fixés à l'azur. Nous nous inclinions par trois fois sur leur passage. Pons prononçait une phrase rituelle à l'adresse de ces « Bons-Chrétiens », puis déroulait une prière qui bonifiait notre âme. Seigneur que je les aimais, ces ministres du vrai Dieu ! Plus loin, des fugitifs dodelinaient entre d'énormes caillasses.

Nous avions quitté le monde des forêts pour celui de coteaux arides, si semblables à ceux de notre pays que nous en demeurions abasourdis. Ici, l'ombre se faisait rare, l'herbe presque inexistante et l'espoir de trouver une source paraissait une douce folie. Les odeurs nous étaient familières, celles du thym, de la lavande, celles de l'air, des cailloux, du vent, celles des genêts en touffes, celles des troupeaux de chèvres. Nous respirions à pleins poumons afin de nous rappeler le goût des choses.

Le plateau ruisselait de couleurs les plus suaves. Le gris de la rocaille savait s'estomper parfois, remplacé par le bleu des chardons en nappes ou le violin des carrés de lavande. Les odeurs de garrigue nous emplissaient la tête jusqu'à l'ivresse. Même Ermessande l'ancienne, visiblement au bout de son voyage, semblait se revigorer au contact de ces paysages.

Le loup gris ne nous avait pas quittés, ni l'aigle noir. Nous les apercevions souvent, le premier jaillissant d'un fourré et le second planant au-dessus de nos têtes. À perte de vue s'étendait le pays de Minerve, vallonné, fait de rocaille et de gorges creusées. Aussi loin que nos yeux pouvaient voir, ce n'étaient que plateaux argentés ou rochers blancs.

Parfois, un coin d'ombre jetait de l'ocre sur le gris des murailles qu'il semblait creuser d'une infinité de grottes.

— C'est le causse du Minervois, là-bas, passé quelques lieues nous arriverons à Minerve, nous expliqua Mathieue.

Puivert nous manquait, Durban également, mais à nos yeux, Minerve représentait le salut ; d'ailleurs, nous étions tout à fait persuadés qu'entre ses courtines, la guerre ne nous atteindrait jamais !

— Ses murailles montent si haut que même les boulets des perrières n'oseraient pas les franchir, d'ailleurs nul ne l'a jamais vaincue, assurait Gui.

Nous espérions qu'il disait vrai.

*

Plus loin, lasse de trop marcher, la vieille Ermessande Garnier s'allongea sur la caillasse du chemin, à bout de vie. Nous ne pouvions plus rien pour elle. Il ne nous restait qu'à prier.

Le chaisne déchiré de la pauvre vieille laissait entrevoir un corps sans chair, plus creux qu'un roseau. La fatigue avait aplati sa poitrine et gravé sur ses joues des sillons bleuâtres. Bientôt, les tremblements de ses mains firent place à une rigidité effrayante. Ses yeux brillèrent alors d'un éclat triste, comme une invitation à continuer le voyage. Puis, dans un soupir, elle nous quitta. Pons n'eut même pas le temps de la consoler, il pria tout de même, afin que son âme survive dans un pays meilleur : *« Notre Père qui es aux cieux, que ton nom soit sanctifié, que ton règne arrive, que ta volonté soit faite sur la terre comme au ciel… ».*

Un tertre de terre grise et de cailloux, sur lequel on écrivit le nom de la morte, fut son dernier abri. Le soleil lécha sa tombe, comme s'il voulait garder à ce corps désormais sans vie, un résidu de chaleur. Ce décès nous déchirait, toutefois l'idée de la félicité future de notre chère Ermessande, même si elle n'avait pas été admise officiellement dans l'Église des purs, estompait notre peine.

Le regard de Pons s'emplissait de douceur. Agenouillé près de la tombe, il ne cessait d'invoquer Dieu. Il lui parlait d'Ermessande, de ses souffrances, de sa solitude, de sa vie qui, somme toute, n'avait jamais quitté la voie de la sagesse. Tristesse, malheurs, veuvage sauraient bien racheter l'ignorance !

— Au moins, elle ne connaîtra plus les déchirements de la guerre, dit Bernard.

C'est privé des êtres chers, que l'on pèse la valeur de leur présence. Pourtant, Ermessande ressemblait au silence… Nous avions parcouru ces chemins interminables, traversé ces pays dangereux à ses côtés, sans pour autant prêter à sa personne un intérêt majeur. Bien sûr elle ne manqua jamais de pain, bien sûr on l'assista dans les moments difficiles, mais lui avait-on donné suffisamment d'amour ? Une ombre passa entre nous, le ciel se chargea de nuages gris, et le soleil voila sa face en signe de deuil. Soudain, dans un trille émouvant, une grive charbonnière s'éleva du ravin où nous avions enseveli la dépouille. Nul n'osa penser qu'il s'agissait d'un simple oisillon. Le hurlement du loup gris ajouta une singulière oraison aux psaumes par nous entonnés.

Minerve n'était plus qu'à quelques lieues. Enfin, la délivrance venait !

Chapitre XXIV

Montségur, janvier 1244

Aux alentours de l'Épiphanie, un machinator, Messire Bertrand de la Vacallerie, est arrivé sur le « pog ». Ce renfort inespéré apporta un immense espoir à notre communauté. Grâce à ce spécialiste en balistes et mangonneaux, nous allions pouvoir construire une perrière capable de lutter contre celle que dressaient les Français en face de nos murailles. L'espoir de bouter hors de notre montagne ces sales catholiques renaissait enfin ! La barbacane paraissait l'endroit idéal pour installer notre future machine.

Un tel événement suffisait à redonner confiance en sa citadelle à chacun des habitants de Montségur. Ce navire perdu au milieu d'un océan de malheur, attendait depuis des jours, le signe qui lui permettrait de croire à nouveau en son étoile. L'arrivée de Bertrand prouvait que nous n'étions plus seuls !

— Ces Français auront désormais à qui parler, se gaussait un sergent affairé à tailler des vieilles planches sous les ordres de l'ingénieur.

— Nous aurons un petit mangonneau, certes, mais sa précision sera diabolique, ne cessait de répéter notre spécialiste.

J'ai eu plusieurs fois l'occasion de rencontrer Bertrand de la Vacallerie ; c'était un homme courtois, et de bonne compagnie. Son instruction hors du commun n'avait d'égal que son désir de Dieu. Il participa à de nombreuses oraisons, car la situation de notre Église le préoccupait autant que celle de nos contrées.

La construction du mangonneau requit tout son talent. Il fit démonter nos dernières baraques, et utilisa également le métier à tisser, dont le mécanisme servit à confectionner les pièces mobiles.

Les gens d'armes échafaudaient mille histoires où la « baliste » de Bertrand faisait pleuvoir sur les croisés médusés, des saumées de cailloux, semant la panique dans leurs rangs, les obligeant même à se replier. Certains s'amusaient à envoyer en l'air de petits graviers à l'aide de planchettes disposées en balançoires et sur lesquelles ils frappaient violemment.

Nous suivîmes instant après instant, la construction de la machine, de la stabilisation du socle à la pose du sac de cuir, en passant par l'installation des piliers, et la délicate opération d'équilibrage du bras lanceur. Devant les prouesses techniques réalisées par cet insignifiant personnage qu'était notre technicien en balistique, des vocations naquirent certainement dans l'esprit des plus jeunes.

Toute la population du *« castrum »* se passionna pour cette nouvelle arme. Eut-elle représenté leur espoir ultime, ils ne s'y seraient pas plus intéressés. De plus, le bruit courut que Bertrand de la Vacallerie nous avait rejoint sur les ordres du comte Raimon de Toulouse. Cette information fit souffler sur le pog un vent d'optimisme. Désormais il fallait tenir le plus longtemps possible en attendant les Toulousains !

Un autre événement nous donna à espérer : la venue d'un messager de Saint-Paul-Cap de Joux, porteur d'une seconde lettre compatissante, en provenance de Crémone. Nous n'étions pas seuls, nos frères d'Italie priaient pour nous, et contrairement à la fois précédente, Bertrand Marty trouva l'information réjouissante. Question de climat général, sans doute ! Les petites cassines de la cour de Montségur résonnèrent alors d'inhabituels cris de joie et les sourires fleurirent à nouveau sur les visages fatigués.

Nous sommes maintenant plus de trois cents, entassés dans le *« castrum »*, telles des gerbes de blé sur un charroi. La promiscuité n'aide pas au recueillement, mais le partage de l'espace vital et des nourritures tient aisément lieu de sacerdoce.

Les prières collectives nous réunissent. Nous nous sentons membres d'une belle et grande famille. Cette époque de la « circoncision » nous apporte un grand réconfort. Pourtant, l'intense activité qui règne dans le camp ennemi nous donne à redouter quelque nouvel assaut.

Dieu sera-t-il de notre côté, cette fois-ci ?

Chapitre XXV

Minerve, automne 1209

Quelle cité merveilleuse ! Dans ses venelles flottait une délicieuse odeur de miel. Des dizaines d'enfants dévalaient en courant les calades de pierres. Les maisons crachaient des meutes d'habitants, comme si les entrailles de la ville en contenaient une multitude. Minerve grouillait de vie.

Tout en haut de la cité, le castel imposait son donjon, et ses tours de guet. Une foule immense déambulait sans s'occuper de nous. C'étaient des paysans à l'accent rocailleux ou bien des ménagères, les cheveux tressés en nattes ou coiffées d'un fichu noué. Minerve regorgeait de commerçants qui cherchaient par les rues, le client intéressé, de coursiers, d'artisans, d'enfants, de bergers, de soldats, de pèlerins, de religieux…

Une rumeur incessante se propageait de rue en rue. Des rires fusaient, mêlés parfois de ahanements semblables à ceux d'un bûcheron à l'ouvrage. Des soldats martelaient le sol de leurs bottes ferrées. Légère et enivrante, pareille au trille d'un oiseau à l'orée du printemps, une monodie religieuse s'échappait d'une fenêtre.

Nous voulions tout voir, de cette fameuse Minerve,

connaître le moindre de ses recoins, visiter tous ses commerces, rencontrer l'un après l'autre chacun de ses habitants. Nous désirions nous fondre dans la foule des paysans, et si possible, leur ressembler.

Sur une place, devant l'Église désaffectée, un « Bon-Chrétien » prêchait. Les gens l'adoraient, et je me souviens avoir fait pareillement. La présence de Dieu était palpable, en cette cité. Voilà pourquoi nous la supposions imprenable, la capitale du Minervois !

L'animation de la ville nous rassurait. Ce difficile exode avait épuisé nos corps, et raboté nos esprits, mais malgré cela, nous pensions qu'ici, nul ennemi ne nous atteindrait jamais. Les croisés paraissaient si loin de ce paradis !

Des chevaliers aux couleurs de Guilhem de Minerve nous accompagnèrent auprès de leur maître qui, prévenu, nous accueillit de la plus chaleureuse façon. On nous offrit à boire et à manger. Des « Bons-Hommes » nous donnèrent chaisnes, bliauds et tuniques afin de remplacer nos guenilles. Le médecin barbier du château nous apporta divers onguents destinés à chasser l'ignoble vermine qui peu à peu nous dévorait. Quel soulagement !

Pons rejoignit bientôt les membres de la communauté cathare, regroupés dans une maison, en bas, près des courtines.

Un troubadour chanta.

— C'est Raimon Miraval, Seigneur du Cabardés, poète et chanteur, nous expliqua Guilhem.

L'intérieur du château de Minerve ressemblait en moins luxueux à celui de Puivert. Des tentures aux couleurs chatoyantes garnissaient les épais murs de pierres. Dans la salle à manger dont les dalles brillaient pis que mare au soleil, une cheminée massive attirait tous les regards. Ses montants taillés à même le rocher représentaient des scènes de chasse qui nous rappelèrent les jours heureux de Durban. De belles fenêtres aux carreaux finement coloriés, ouvraient sur le Causse qui répandait jusqu'à nous de délicieuses senteurs de garrigue, tandis que les voûtes de l'immense salle à manger se jouaient de nos voix, en les renvoyant transformées.

Guilhem de Minerve fit quérir Rixowenda, sa chère épouse. Cette dernière se montra heureuse de revoir Bernard et Mathieue de Durban avec lesquels, disait-elle, ils avaient par le passé, partagé maintes joies.

— Le bonheur nous a réunis souventes fois, mais aujourd'hui c'est le malheur qui vous ramène à nous. Soyez chez vous ici, mes bons amis !

Rixowenda évoqua Trencavel, le bon Vicomte. Elle nous parla de la guerre qui sévissait plus loin. Son attachement à la foi cathare nous réjouissait. Il se passa fort longtemps en palabres et en embrassades. Nous, nous désirions que dure éternellement ce moment de paix. Il faut dire que l'ambiance qui régnait à Minerve contrastait avec ce que nous avions rencontré sur la route de l'exil.

Nous pensions vraiment que demain serait meilleur.

Le bayle de Guilhem nous donna les adresses d'habitants qui acceptaient de nous loger. Prolixe, il nous entretint de sa ville, du causse, des routiers qui parfois sévissaient sur les chemins alentour, et d'un loup gris que les guetteurs avaient aperçu.

*

Nous fendîmes la foule jusqu'à la maison qui devait nous recevoir. Nos hôtes, à Guillotte et à moi, étaient « passementiers ». Leur atelier me rappela le métier des miens et surtout leur tragique disparition. Les Marty et les Malet trouvèrent du travail chez un agriculteur. Les Cathala logèrent chez le boulanger auquel ils donnèrent un bon coup de main. Les Lasbordes rejoignirent un atelier de tisserand, et les Authier furent employés chez un des forgerons de la ville. Hélas ! la santé de Guillemette se détériora dangereusement. L'ignoble maladie faisait son chemin dans le corps de notre compagne, à la manière d'un ennemi invisible et sournois.

Malgré ce malheur, une fois notre petite troupe logée, une nouvelle vie débuta. Le soir, nous nous retrouvions autour de l'oraison, dans une maison de « Bons-Hommes » où je me sentais bien. Les religieux faisaient preuve de gentillesse et de douceur à mon égard. Ils m'expliquaient Dieu, avec une infinie patience. C'est d'ailleurs à eux que je dois une bonne partie de ma connaissance.

Guillotte se fit vitement une réputation de soigneuse, et de nécromancienne. D'ailleurs, notre chambre ne désemplissait pas de malades où d'anxieux qui trouvaient auprès d'elle, un vrai réconfort.

Lorsque le temps s'y prêtait, Aude et le petit écuyer m'emmenaient promener sur le causse. Nous jouions à nous poursuivre à travers les broussailles, ou à courir derrière un garenne. À l'occasion, Peyre se serrait fort contre sa mie et cela me troublait. J'avais alors droit, de la part de la jeune fille, à une longue caresse dans les cheveux. La forme du loup gris apparaissait parfois dans le creux d'une sente, avant de disparaître pour revenir encore.

— Il nous suit, criait Aude, l'air visiblement excitée par la présence de l'animal.

— C'est notre loup, celui de Guillotte, n'est-ce pas ? me demandait Peyre.

— Je crois, je crois…

En fait, je l'espérais. De retour près de ma tante, je m'empressais de lui raconter cet événement. Elle souriait avec malice. Je lui donnais ainsi la certitude que son loup vivait toujours, et c'était là le plus important à ses yeux. Je n'osais lui demander pourquoi cet animal prenait tant de place dans sa vie.

Maintenant, je le sais mes amis…

Chapitre XXVI

Montségur, janvier 1244

Aux alentours de la fin janvier, nous connûmes une nuit terrible. Les Français montèrent à l'assaut des premières fortifications, celles que l'on nomme barbacane de l'orient, et nous perdîmes de nombreux soldats, dont les chevaliers Bertrand Bardenac consolé par mon compagnon Clamens, et Jourdain du Mas que nous appelions affectueusement Jourdanet. Dieu ait pitié de leur âme. Mon cœur est triste, mais il sait que le royaume des cieux accueillera bientôt ces braves.

Ce jourd'hui, la situation est confuse, nul ne sait si les croisés ne viendront pas jusqu'à nous. Sur la crête se dresse désormais leur abjecte machine de guerre. Le matin qui se lève, découvre un Saint Barthélemy noyé de brumes. La « Frau » a pris de tristes atours, tandis que le « Bidorte » sort à grand-peine de la grisaille. Consciente de notre malheur, la nature se pare de noires humeurs. Les oiseaux se font rares au-dessus du « pog », seul un aigle noir vole imperturbable, en décrivant dans les cieux des cercles réguliers. Les flèches des Français ne l'atteindront pas. Puissions-nous nous élever avec lui… Je pense au Maury, pauvre vieillard qui croyait en la victoire des siens. Il ne savait rien encore de ce raz de marée dévastateur. Il ne savait rien encore… De là-haut, il doit drôlement s'inquiéter.

Nos braves faidits se jettent sur les vagues assaillantes, sous une pluie de carreaux d'arbalètes. Ils se battent à un contre dix, en poussant des cris de bêtes sauvages, puis se replient afin de laisser la place à d'autres, plus frais. C'est une marée en permanence renouvelée qui repousse les ennemis Bourguignons, Frisons ou Albigeois. Réinstallés sur la barbacane, les nôtres semblent l'emporter, mais les croisés reviennent, qui à leur tour les chassent, en un jeu incessant dont hélas l'issue semble prévisible. L'engagement est total, épique, laissant parfois quelque cadavre « gisant envers » au milieu du chemin.

Pourtant, chez nous, jamais le découragement ne vient !

Des gémissements sortent des petites cabanes. Rouquier, le médecin a du pain sur la planche, il se donne à tous, saigne l'un, ampute l'autre, distribue par-ci, par-là des simples bienfaisants. Nous, les « Bons-Chrétiens », nous consolons les mourants. À ceux des blessés qui vivent encore, nous promettons, au ciel, une vie faite de paix et de joie, un avenir plein de richesses spirituelles où chacun trouvera sa place. Leur regard s'emplit de liesse, et leur corps se révolte contre ces mutilations qui les empêchent de retourner au combat.

*

À la Noël, nombre de nos soldats valides avaient demandé leur « convenanza », un sacrement qui permet d'être consolé, même en cas de mort subite. Cette certitude les pousse à se battre sans faiblesse ni appréhension. J'ai peur pour eux. J'ai peur pour Brézilhac Cailhavel, que l'on voit revenir couvert de blessures, pour Raimon de Marceille, prêt à combattre des journées entières, pour Guillaume Lahille, le plus vaillant d'entre tous ; j'ai peur pour Péreille, pour Arnaud Roger, pour Guiraud de Rabat, pour Gaillard du Congost que j'ai connu enfant à Puivert. Je sais que nous autres les religieux, nous serons brûlés, sans procès, au son des oraisons catholiques, lorsque la citadelle passera aux mains ennemies. Mais que deviendront les sergents, les écuyers, les femmes, les enfants de Montségur ? Leur sort m'inquiète au plus haut point.

*

Les Français ont attaqué plusieurs fois la barbacane, ils ne l'ont pas encore prise, car nous les en avons délogés, mais tantôt nous ne pourrons les empêcher d'en devenir maîtres. Heureusement, Dieu ne peut refuser son aide à l'Église des purs. Nous ne savons pas quelle forme prendra l'intervention divine, mais nous sommes certains de sa réalité. Les regards se perdent au ciel ou au loin, vers les hautes montagnes bleues, cherchant l'ombre d'une armée amie, ou le signe irréfutable qui ferait fuir les croisés.

Ce matin, profitant d'un instant de répit dans la tourmente des assauts, Bertrand Marty pria publiquement et nous sermonna, afin que nos pensées s'élèvent vers Dieu. J'avais le cœur gorgé d'amour. Je voulais qu'on en finisse, qu'on nous prenne, nous les « purs », et que tous ces braves gens puissent enfin sauver leur vie. Ça, je le voulais, mes amis, plus fort que tout, plus fort que tout !

Durant le sermon, mon esprit s'est évadé vers Minerve, vers ce temps passé où nous cherchions, les miens et moi, cet impossible bonheur…

Chapitre XXVII

Minerve, hiver 1210

L'oraison glissait dans le soir de « Minerve », comme une ariette subtile. Elle mourait le long des murs de pierraille ou des maisons de torchis, tel un gémissement léger. Des mots s'échappaient de la pénombre, et s'épandaient dans l'obscur. J'en saisissais parfois quelques-uns : *« Bénédicité parcité nobis… »* Puis les phrases s'élevaient plus confuses, lointaines : *« tribuat… mercedem… fascistis… Dei… »* L'Autan les emportait ailleurs, et les confiait à la nuit.

Après m'avoir longuement épouillé puis vêtu d'un chaisne propre, Guillotte prit ma main et me conduisit au travers d'un dédale de couloirs, jusqu'à une petite pièce sombre dans laquelle s'entassait déjà une foule compacte.

— Entrons fils, c'est là !

Ma tante s'était parée d'une belle tunique serrée à la ceinture, sa chevelure blanche tombait sur ses épaules, et un singulier sourire estompait les rides de son visage. Elle avait délaissé ses pendeloques et autres talismans qui ornaient habituellement sa poitrine. Au centre de la petite salle voûtée, deux minuscules tables couvertes d'un tissu blanc retenaient toutes les attentions. Je sentais que se préparait en ce lieu, un événement extraordinaire dont on ne m'avait rien dit. En me glissant entre les robes de toile rêche et les braies salies, je pus enfin observer l'assistance. Mon cœur s'enflamma en voyant Aude et Peyre, Bernard et Mathieue, Guilhem et Rixowenda, le chevalier d'Escayrol, Pons, les Cathala, Authier, les Lasbordes. D'autres personnes inconnues répondaient seulement à la prière d'un « Bon-Homme » dont la voix, d'une impressionnante profondeur, bouleversait mon âme.

— C'est Guilhabert, le diacre, me confia Guillotte lorsque je la rejoignis.

C'était la première fois que je rencontrais Guilhabert de Castres. De taille moyenne, le visage couvert par une épaisse barbe et les yeux d'une extraordinaire clarté, il respirait la bonté. Sa voix, légèrement rocailleuse m'ensorcelait.

Rien n'importait plus que la voix de Guilhabert. Le monde extérieur n'existait pas, la guerre n'existait pas. Des frissons animaient chaque pouce de ma peau. J'avais l'impression qu'une main experte extrayait de mon être ce qu'il y avait de meilleur. Deux bras invisibles m'étreignaient. Devant nous, des hommes tombaient à genoux, d'autres, allongés, la face contre terre, demeuraient immobiles, offerts au Tout-Puissant. Je ne savais pas encore que cette force subtile qui m'envahissait en cet instant de foi, emplirait toute mon existence.

Bientôt, apparurent Saissa et Guillaume Malet, suivis d'un officiant les bras chargés de deux habits religieux.

— Ils vont recevoir le consolamentum, m'expliqua Guillotte.

On présenta les évangiles aux novices, et l'on pria. Récité par tant de bouches, le *pater* nous transporta. Les prières succédèrent aux prières. Dieu vivait à Minerve, nul n'en doutait. Nous prîmes ensuite un frugal repas qui me rappela le temps de notre exode, sur les routes de Puivert.

C'est, je crois, aux alentours de cette époque, que le comportement de ma tante changea. Je la vis souvent la tête en l'air, scrutant le ciel afin d'y lire, disait-elle, l'avenir de Minerve. Quelque chose l'inquiétait. De jour en jour elle glissait dans un monde de tristesse dont elle n'était pas coutumière. Elle se consacra aussi à la prière, ce qui, je dois bien le dire, ne lui ressemblait guère. Qu'avait-elle découvert ? Elle m'entoura d'une affection inhabituelle et me parla souvent de Dieu, du Paraclet, du retour de l'âme. Le soir, elle montait sur les terrasses, celles qui font face au Causse, puis, à la hurlée du gris, écartait ses bras et faisait mine de l'attraper.

Parfois nous passions de longues heures à contempler la campagne. Devant le spectacle grandiose de la garrigue gorgée de soleil, devant la beauté de ces coteaux immenses, Guillotte soufflait souvent, à la manière d'un enfant désabusé.

— Que se passe-t-il, ma tante ?

— Le soleil se couche Amiel !

Je ne comprenais pas exactement ce qu'elle voulait dire, cependant j'imaginais qu'elle prévoyait un grand malheur. La prière nous apaisait un peu ; en tout cas, elle semblait apaiser Guillotte.

Chapitre XXVIII

Montségur, le 26 février 1244

Dans le courant de ce mois de février, ce que nous redoutions advint : la barbacane de l'orient tomba aux mains des Français, et leur machine de guerre se rapprocha dangereusement de nos murailles. Désormais, nous étions à la merci des artilleurs croisés.

Un matin, tout commença. Au début, l'imprécision du tir ennemi nous donna l'impression que les dommages seraient minimes. Pourtant, il fallut rapidement se rendre à l'évidence, chaque tir se rapprochait du but. Débuta alors, l'enfer de Montségur. Tandis que notre pierrière paraissait inefficace, celle des Français se mit à semer la mort dans notre camp. Les boulets ennemis tombaient sur un écuyer, un sergent, une femme, un chevalier, un « Bon-Homme ». Personne n'était à l'abri. Les morts s'accumulèrent dans nos rangs, sans que nous ne puissions y faire grand-chose. Seule la prière nous aidait à supporter cette grêle terrifiante.

Nous les « Bons-Hommes », nous soignions, consolions, sans compter, malgré le danger. Certains Seigneurs des environs, tel Bernard Alion, l'époux d'Esclarmonde de Foix, qui avec l'aide de Corbairo, un chef catalan, leva une petite troupe de mercenaires, tentèrent bien de nous secourir, mais ce fut un échec.

Montségur s'enlisait.

Pourtant, un certain Guillaume Mir apporta un message qui demandait à Arnaud Roger de tenir jusqu'à Pâques, date à laquelle il assurait la venue de Raimon VII le Toulousain. L'espoir semé par la missive fut éphémère, car les forces vives de la Citadelle étaient si entamées, qu'il paraissait illusoire de résister tant de temps.

*

Ce jour du vingt-six février, mon cœur saigne. Le chevalier Lahille a été gravement blessé et son état m'inquiète. Nous faisons tout ce qui est en notre pouvoir pour lui permettre de vivre encore.

Mortellement blessé, Bernard de Carcassonne vient d'ajouter un nom à la liste déjà longue des martyrs. On rationne la farine, les fèves et toute la nourriture, dans l'espoir de tenir et tenir encore. Mes frères les « Bons-Hommes » et moi même, distribuons tout ce que nous possédons, les étoffes, les vivres, les « sols melgoriens » ou les « tolzas ». Notre avenir repose désormais entièrement entre les mains de Dieu !

Chapitre XXIX

Minerve, printemps 1210

Le soleil se levait sur le causse de Minerve. Tout paraissait calme. Le vol d'un autour zébrait un azur pommelé de petits nuages blancs. Le vent chaud balayait le plateau, et caressait les chevelures drues des grands chênes rouvres. Les enfants de la ville qui dévalaient la calade ne riaient pas tels qu'à l'accoutumée. Tous les habitants se tenaient dans les venelles, comme informés d'un danger. Il est vrai que des bruits alarmistes avaient couru sur l'arrivée de l'host infâme. Il est vrai que depuis deux jours des masses de paysans des villages environnants avaient rejoint Minerve dans l'espoir d'y trouver refuge. Des messagers plus nombreux et empressés qu'à leur habitude franchisaient la poterne. D'ailleurs, Guilhem avait posté sur les courtines une quantité anormale de guetteurs et d'arbalétriers.

La campagne semblait vidée de sa substance. Pas un travailleur n'avait quitté la ville, et les troupeaux impatients se signalaient bruyamment dans les enclos.

Ce matin de Minerve était inquiétant !

Bientôt des chevaliers aux couleurs des châteaux amis, traversèrent la Cesse au triple galop en criant : *« Les voilà, les voilà ! »*.

Alors, tout commença…

Un tumulte sourd monta de la vallée, par delà les plateaux, du côté d'Azillanet ou de la Caunette, mille roulements, des hennissements, suivis d'une épaisse fumée blanche.

— Je les vois ! cria un guetteur juché sur les courtines.

L'host catholique plongeait sur Minerve !Il n'y eut pas longtemps avant que nous ne vîmes les premiers chevaux. Suivirent les dais des évêques, les gonfalons colorés, puis des piétons en cohorte, puis des meutes de cavaliers. Il en arriva de partout, du coteau, de la plaine, des montagnes. Le causse se trouva subitement animé sur toute son étendue d'une infinité de va-et-vient. Bientôt, la piétaille fit entendre ses vivats, les pèlerins leurs oraisons catholiques, et la population assista, agglutinée sur les courtines, à l'arrivée du pire de ses ennemis. Mais ceux de Minerve avaient confiance en leur Seigneur Guilhem, en ses murailles, et en la protection Divine !

— Par le poitron de Dieu, nous les refoulerons, se flatta un sergent.

— Nous avons suffisamment de vivres pour tenir plusieurs mois, face à ces écornifleurs, ajouta un faidit d'un air convaincu.

— Et le puits Saint Rustique nous fournira toute l'eau nécessaire, dit un vieil homme tout ridé par l'amoncellement des jours, un certain Peyre Barthe, ancien berger !

Les villageois rageaient de voir les croisés progresser en dévastant leurs terres. Peu à peu, les entours de la bastide se muèrent en gigantesque campement. Quand les uns avaient planté leur tente ou construit leur cabane, d'autres arrivaient, mieux armés, plus nombreux. *« Dieu ! »* cria simplement le chevalier d'Escayrol que nous avions rejoint en haut d'une courtine.

Indifférents aux centaines de spectateurs debout sur les remparts, les catholiques s'affairaient avec méthode à installer leur bivouac. Des feux s'allumaient sous de gigantesques chaudrons. Des palissades construites à la hâte barraient les chemins. La cité aux deux rivières se retrouva rapidement captive. Lorsque vint l'heure de complies, celle où à l'ordinaire la population se couche, les paysans de Minerve eurent, on peut l'imaginer, un unique sujet de conversation.

*

Des lueurs violines coururent sur les falaises, et des ombres grises traversèrent la vallée. Un loup hurla longtemps. La nuit transportait les cris d'animaux attachés, de malades agonisants, ou de femmes en jouissance.

Parfois un cantique s'élevait.

De ma couche, j'entendais une quantité de bruits nouveaux, des tintements métalliques, le son d'un carillon. Comme à chacune des fois où je pensais à notre avenir, la peur me prit, et je ne pus dormir. Je voyais en songe des armées ennemies fuir devant Raimon de Termes, je voyais des hordes de loups gris égorger les croisés, et Xabert de Barbaira qui venait nous secourir.

À la prime heure, l'exhibition guerrière reprit. Deux mondes opposés se côtoyaient désormais. Les croisés se préparaient à un long siège. De son côté, Minerve avait foi en sa puissance.

Moi, pauvre enfançon, je ne voyais rien de dramatique à l'installation du camp ennemi. Au contraire, il semblait redonner aux villageois cette frénésie de vivre que la routine de l'existence avait diluée. Malgré la crainte accrochée à leur visage, le désir de se parler ou de partager les angoisses les réunissait mieux que ne savait le faire leur quotidien. À l'angle des ruelles, des groupes de paysans priaient. Parfois un assiégeant venait narguer les défenseurs en se trempant dans la Cesse, mais les carreaux d'arbalète qui volaient à ses oreilles le faisaient fuir.

D'un camp à l'autre, les soldats s'injuriaient mutuellement. Chacun exsudait son fiel dans un délire de mots gras. Il m'arrivait de cueillir au vol quelque insanité que je répétais naïvement à Guillotte. Elle me grondait avec vigueur, surtout lorsque les grossièretés touchaient au nom de Dieu, ou à tout autre sujet sacré.

Un matin, Simon de Montfort, le chef militaire des catholiques, s'approcha si près de nos murailles, qu'une de nos flèches le frôla. Cette histoire courut sur les courtines, transformée par la rumeur, en authentique exploit. Plus d'un y vit les germes de notre victoire future.

Les jours passèrent sans incident notable. Minerve semblait s'adapter à ce nouvel état. Le puits nous donnait l'eau, les silos le grain, les caves le vin, les troupeaux la viande.

Chez Guilhem on espérait qu'à la fin de la « quarantaine », l'armée de Montfort s'affaiblirait et qu'elle lèverait le siège. Rien ne pouvait effrayer Minerve ! Rien, sauf l'arrivée par un bel après-midi ensoleillé, d'un convoi venu de Carcassonne, et qui transportait d'énormes tronçons de bois. *« Des pierrières »*, crièrent les soldats juchés sur les remparts.

Nous assistâmes impuissants à la construction de quatre mangonneaux dont un, gigantesque, placé sur le causse, en face du puits Saint Rustique. J'appris par la suite qu'on le nommait la « Malvoisine ». Il portait bien son nom !

La population se rendit vite compte que quelque chose de dangereux se passait à sa porte, mais désarmée, elle préféra ironiser sur l'inefficacité de telles machines à une aussi grande distance. Nous, les enfants, toute cette animation nous ravissait, et sans les reproches des adultes nous aurions certainement trouvé la situation à notre goût. C'est vrai qu'aucun événement grave n'avait entaché notre vie, et il faut bien le dire, ces premiers jours de siège créèrent dans les ruelles de la cité, un remue-ménage pour le moins distrayant. Pourtant, le ciel de Minerve s'obscurcissait ! Guillotte se racornissait à vue d'œil, et souvent, lorsque, la tête levée, elle cherchait dans le ciel un heureux présage, je l'entendais crier des jurons, réunissant dans un même assaut verbal les croisés, Montfort, Arnaud Amaury, le légat du pape, l'Église romaine, et tous les Seigneurs qui avaient épousé la cause ennemie. À cause de la citerne que le ciel refusait de remplir, à cause de ces pierrières prêtes désormais à cracher la mort, à cause de l'arrogance croissante des assiégeants, Mathieue elle-même, perdait peu à peu confiance en Minerve. Mais notre Comtesse ne montrait jamais son affliction, au contraire, elle affichait toujours une surprenante sérénité.

Les premiers essais de la « Malvoisine » ne furent pas concluants : les pierres s'écrasèrent contre les lices ou dans le lit de la rivière.

— Nous sommes trop loin ! disait l'un.

— Vous verrez, quand ils auront réglé leur tir, vous verrez !rectifiait un autre.

La peur commençait à gagner la ville.

L'état de ma tante empirait, son dos se voûtait de plus en plus, son visage se durcissait. Un jour, à Vespres, elle me parla d'une manière inquiétante :

— Petit, quand il viendra entre les murs de Minerve, peut-être l'ennemi me prendra, je veux que tu aies du courage.

— Pourquoi ma tante, pourquoi ?

— Parce qu'on me trahira, fils.

Je devinais à ses yeux mouillés que l'épreuve tragique ne tarderait plus. Jamais ma tante n'avait manifesté autant d'abattement, ni à la mort des miens, ni à l'annonce de l'exode. Je m'interrogeais sur les tremblements qui agitaient ses membres, quand un aigle noir survolait le Causse, ou à la hurlée du loup gris.

*

Lorsque, le choc d'un boulet contre les courtines nous parvint, amplifié par les vallées, le siège prit une tout autre tournure. On se bouscula dans les rues, épaule contre épaule, poitrine contre poitrine, à la recherche d'un abri sûr. On dévala les escaliers de pierre, on s'enfonça sous des porches dont les arches paraissaient solides, on s'époumona en appelant un proche perdu, ou en avertissant les siens de sa cachette nouvelle. Les soldats se postèrent sur les chemins de ronde, plus nombreux, armés jusqu'aux dents. Mais pouvait-on croire que leurs lames allaient valablement s'opposer à ces immenses boulets que Montfort nous destinait ?

Un vacarme insupportable de rochers écrasant les lices… des chants catholiques… les hourras des artilleurs croisés… le hennissement de chevaux affolés… un galop dans la ruelle… le tapotement de milliers de pas sur les pavés… le sifflement des arbalètes… le chant doux d'une oraison cathare, puis un mélange confus de criaillements, de pleurs, d'appels, de lamentations, de soupirs, voilà la Minerve dans laquelle nous allions vivre désormais. Les femmes pleuraient, les enfants hurlaient à la manière d'un agnel que l'on saigne. Des carreaux d'arbalète s'abattaient sur la cité, en une nuée impitoyable qui rendait les rues excessivement dangereuses. La mort frappait là où nul ne l'attendait, dans l'angle d'une maison, au milieu d'une cour, sur la place de l'église. Minerve commençait à vivre son calvaire et l'ombre effroyable du malheur se couchait inéluctablement sur elle.

Des jeunes gens couraient jusqu'au puits. Leurs pas faisaient chanter les pavés. Guilhem avait ordonné de remplir les citernes.

Un matin, un petit porteur d'eau périt écrasé par un boulet. La volonté ennemie de rendre le puits Saint Rustique impraticable nous apparut claire désormais.

Des « tomberées » de pierres dégringolèrent sur la ville avec une constance qui eût fait notre admiration, si nous n'en avions pas été les victimes. Les machines de guerre crachèrent leur terrible charge à tous les coins de la cité. En face du château de Guilhem, les Narbonnais entamaient les murailles, depuis la falaise située devant la poterne principale, les Gascons faisaient pleuvoir sur les toits une grêle impitoyable. Cela ne semblait pas suffire aux artilleurs ennemis, car la poterne du midi faisait, elle aussi, l'objet d'un tir nourri. Quant à la « Malvoisine », elle causait à la caponnière de notre seul point d'eau, des dommages irréparables.

Les cadavres commencèrent à s'accumuler dans les rues déjà encombrées de gravats et de détritus. Des odeurs délétères envahirent les caves, puis peu à peu remontèrent jusqu'à nous.

Que restait-il à la pauvre Minerve, sinon la prière ?

Le chevalier d'Escayrol, lorsqu'il en avait l'occasion, ne manquait jamais de venir nous saluer. Il me prenait dans ses bras et me parlait comme il l'eut fait pour son propre enfant. J'en étais très fier. Peyre ne lui servait plus d'écuyer, car Gui ne voulait pas l'exposer inutilement. Le jeune homme pouvait alors s'occuper à loisir de son Aude. Hélas, depuis l'ordination des siens, la jeune fille avait changé. Elle semblait plus pieuse, moins proche de son amoureux, et surtout plus affairée à comprendre les écritures. Peyre souffrait, c'était visible, même si par amour il participait aussi aux leçons que Saissa Malet, devenue « Bonne-Femme », dispensait à sa fille.

Un soir, alors que Minerve pliait doucement sous le poids de la maudite pierraille, Aude fit venir Pons, et lui demanda de l'ordonner.

À cause de la situation préoccupante dans laquelle

nous nous trouvions, le noviciat de la jeune fille fut rapidement mené. Un dimanche, me semble-t-il, elle fut élevée au rang de « Bonne-Chrétienne » de la Contre-Église.

Le pauvre Peyre se désespéra, mais il était trop tard, Aude lui échappait à jamais, pour entrer dans le giron de Dieu…

Ma tristesse se mêla à celle du petit écuyer…

*

Bientôt, la soif commença à faire des ravages. Le « Grec » chaud rabotait nos gorges, et saturait l'air de Minerve de poussières étouffantes. Puis les mouches envahirent les ruelles… des quantités de mouches, attirées par les cadavres en putréfaction… Elles empoisonnèrent presque autant notre vie que les boulets de Montfort !

Chapitre XXX

Crémone, Lombardie, le 1er août 1244

Je ne suis plus à Montségur.

Le quinze mars, jour où la citadelle tomba aux mains de l'ennemi, Amiel Aicart, Laurent Peytavi, Hugon, et moi-même, fûmes désignés pour aller mettre en lieu sûr, le trésor de notre Église. On nous fit cacher dans une grotte connue seulement de notre évêque, et de Péreille, sur la face nord du « pog ».

Une fois la méfiance de l'ennemi endormie, nous nous sommes sauvés, empruntant des chemins ignorés des Français. Puis, notre mission accomplie, nos routes se séparèrent. Je me suis rendu à Crémone, où une importante communauté cathare vit dans la paix et la prospérité. Notre évêque voulait que notre croyance renaisse de ses cendres. Ici, nous nous y employons…

Jusqu'au jour maudit de la capitulation, un nombre incalculable de drames s'étaient succédés à Montségur. De nombreux innocents, tel Ferrer, le bayle de Peyre Roger de Mirepoix, y perdirent la vie. Les blessés se comptèrent par dizaines.

Un jour, pourtant, Bertrand de la Vacallerie avait assuré devant tous les habitants de la citadelle que le comte de Toulouse viendrait à notre secours. L'espoir avait germé en nos cœurs. D'autant que ces paroles confirmaient le message délivré quelques temps auparavant par Guillaume Mir…

En attendant cet hypothétique secours, la vie entre les murailles était devenue intenable. Les réserves d'eau et de nourriture avaient considérablement baissé. La pierrière ennemie ne s'arrêtait jamais, et ce n'est pas la nôtre qui la contrecarra. La machine des croisés, était un mangonneau gigantesque dont la flèche fut faite du plus haut de nos arbres. Sa poche de cuir pouvait lancer des projectiles énormes, taillés à même notre montagne par des équipes spécialisées. L'évêque catholique d'Albi, dont la réputation en matière de catapultes n'était plus à faire, dirigeait la manœuvre. Notre, « baliste », au contraire, tout en finesse, ressemblait à un grand animal boiteux. Fabriquée avec des moyens de fortune, elle était d'un maniement plus difficile et ne projetait que des pierres de taille moyenne. D'ailleurs, elle fut rapidement rendue inutilisable par un tir ennemi.

L'eau commença à manquer. Nous avions attendu la pluie, mais elle s'était abstenue.

La soif tuait les plus faibles et la faim tournait les esprits. Nous avons connu l'enfer. Si belle avant l'arrivée des croisés, la citadelle n'était plus qu'une cour des miracles où les valides, s'affairaient autour des blessés. Pas une des familles habitant Montségur, ne passa au travers de la malédiction. Que dire alors de nos cassines de bois dont il ne restait rien, ou des murailles ébréchées, ou du donjon quasiment ruiné ? Il fallait avancer entre les blocs de pierre et les cadavres, dont la cour hélas, était jonchée…

Les responsables militaires se réunirent souvent, afin de décider de la conduite à tenir. Nous, les religieux, nous priâmes de plus belle. Et même si Dieu semblait nous avoir abandonnés, le doute ne se fraya jamais de chemin dans le cœur des assiégés. Au contraire, la foi se lisait sur les visages, dans les paroles, dans les gestes. Dieu était partout. Montségur restait sa maison, et aucun ennemi n'aurait pu l'en chasser, le pape de Rome y compris.

Ah, si vous l'aviez vu mes amis, ce peuple livré aux assauts meurtriers d'un adversaire supérieur en nombre et en matériel ! Ah, si vous les aviez vus ces murs couverts de sang, ces cadavres amoncelés. Ah si vous les aviez vus ces misérables affaiblis, mais confiants encore en leur lendemain ! Les yeux fixés à l'azur, ils attendaient la mort ! Nos soldats n'avaient plus la force de combattre, tout juste faisaient-ils illusion en décochant par-ci, par-là une flèche rarement meurtrière.

À bout d'arguments militaires, Peyre Roger avait décidé de parlementer avec le sénéchal Français Hugues des Arcis. Il avait obtenu la libération des civils, des militaires non consolés, et l'amnistie pour les participants à l'affaire d'Avignonet. Les inquisiteurs, de leur côté, avaient demandé que soient brûlés tous ceux qui refuseraient d'abjurer la foi cathare. Et contre cette décision, Peyre Roger ne put rien !

On accorda à Arnaud-Roger de Mirepoix quinze jours avant l'abandon définitif du *« castrum »*. En garantie, les Français retinrent prisonniers Arnaud Roger, son neveu Jourdain et le sergent Peyre Vinol. Péreille fut autorisé à monter de l'eau et des vivres sur le pog, afin de redonner vie à cette foule malade.

Peu à peu, Montségur se redressa !

*

Bertrand Marty, notre évêque nous parla. J'ai en mémoire le sermon qu'il nous destina : *« Frères, mes amis, ils chasseront nos soldats, ils chasseront nos Seigneurs, ils tenteront de faire pousser en nous la graine du doute et du renoncement, ils brûleront nos corps, même. Ils feront tout cela, parce que les armes qu'ils emploient sont tenues par le Diable, ils feront tout cela parce que leurs paroles ne suffisent pas à s'opposer à notre foi ; mais ils ignorent qu'entre ces murs, toujours l'Esprit demeurera ! Jamais il ne s'enfuira, car ici est sa maison… cette défaite n'est qu'une épreuve placée par Dieu afin de nous attacher plus encore à lui, ayez foi, frères, amis, ayez foi ! Si Dieu l'avait voulu, l'armée impie aurait connu la déroute, mais, cette victoire présentée par nos ennemis comme une victoire de Dieu, n'en est pas une à la vérité, c'est une victoire du malin… En effet, ainsi qu'il l'a fait tout au long de ces terribles années, l'esprit mauvais maintient les catholiques dans leur erreur… la fumée que feront nos chairs s'inscrira ad vitam æternam au ciel de ce pays, et nos voix ne cesseront de retentir ».*

Nous l'avons écouté, le cœur empli d'une immense joie, une joie mi-partie d'amour et de certitudes. Le délai de quinze jours obtenu par Péreille servit à mettre en ordre les affaires de l'Église, et à consoler ceux qui le désiraient. On reconstruisit les cabanes, on déblaya les chemins et la citadelle reprit en quelques jours son éclat d'antan.

Malgré sa mort programmée, la communauté religieuse avait redonné un sens à son existence. Bien sûr Bertrand Marty nous laissa libres de sauver nos vies, mais nous savions qu'aucun d'entre nous ne renoncerait au sacrifice suprême. Pourtant, certains « Bons-Hommes » étaient jeunes et moins nourris de religion que nous, leurs aînés. Il serait faux d'assurer que pas un n'hésita, car en réalité certains, terrorisés par le châtiment annoncé, furent prêts d'adjurer. On leur parla, on leur fit miroiter les avantages de cette sainte mort. Alors, tous promirent de suivre Bertrand Marty dans le trépas. La « Béma », notre Pâques, nous rassembla autour de célébrations d'une inégalable profondeur, et le jeûne de préparation au sacrifice suprême scella notre foi.

Les réunions se succédèrent au village de « Bons-Hommes ». Elles furent suivies par une assistance plus nombreuse que jamais. La pureté des humbles m'étonna et me fit chaud au cœur. Au lieu de se détacher de nous, les petits soldats et les serviteurs nous entourèrent d'une ferveur extraordinaire.

Était-ce la vengeance de Dieu ?

Les sermons de Bertrand Marty nous exhortaient d'espérer. *« L'Église de la vraie foi vivra encore sans nous »*, répétait-il à chacune de ses interventions.

Le treize mars, j'avais assisté à une consolation collective, destinée aux profanes qui désiraient mourir dans l'amour de Dieu. Il s'en trouva une quantité. J'ai souvenance de certains, tels les chevaliers Guillaume Lahille encore blessé mais vivant, Brézilhac de Cailhavel, Raimon Marceille, Raimon de Saint-Martin, l'écuyer Guillaume Narbona, son frère Pons, Esclarmonde de Péreille. Nombre d'autres, condamnés volontaires au courage admirable, demandèrent aussi leur admission en l'Église des purs. Car « consolation » signifiait bûcher ! La cérémonie, d'une grande componction demeure une des plus belles auxquelles j'ai eu la chance de participer. La foi était grande, la volonté irrépressible. Jamais croyants n'eurent autant de mérite. C'est à cette occasion, que nous fûmes choisis, mes compagnons et moi pour aller mettre en sécurité le « trésor » de notre Église. Nous aurions préféré partager le sort de nos camarades, mais Bertrand Marty ne nous donna guère le choix. En respectant sa volonté, nous allions devenir l'espoir du peuple cathare…

Las ! l'intervention annoncée des Toulousains, ne se produisit pas, et le quatorze mars de l'année maudite mille deux cent quarante-quatre, Montségur capitula !

Ce que je connais de la suite, je le tiens de Peyre Landry, l'écuyer de Guillaume Lahille qui vint me rejoindre à Crémone, peu de temps après le drame. Je vous en parlerai plus tard, mes amis, mais avant, revenons à Minerve, en ce mois de juillet mille deux cent dix, à la veille d'un bien triste épisode.

Chapitre XXXI

Minerve, juillet 1210

La situation devenait intenable, la Malvoisine et les autres mangonneaux dispersés autour dc la pauvre Minerve, semaient partout la mort, et la garnison de Guilhem fondait à la manière du plomb sur le feu. Pourtant, un matin, lorsqu'un guetteur annonça que l'on se battait dans le camp des croisés, la confiance revint. Nous apprîmes qu'il s'agissait d'une intervention extérieure du Sieur de Ventajou, vassal de Minerve. Ce brave Seigneur donna plusieurs fois l'assaut, créant dans les rangs ennemis de belles brèches et une bien réjouissante panique. À chacune de ses attaques, un souffle vivifiant parcourait la ville. Nous voyions en ce secours inespéré, la preuve que le ciel ne nous abandonnait pas. Hélas, devant les pertes subies par les siens, Ventajou dut bientôt se résigner à ne plus agresser Montfort, et Minerve retrouva alors son isolement et sa détresse.

Ah ! mes amis, si vous aviez vu ces visages burinés par la fatigue, ces chaisnes flottant sur des corps décharnés... si vous aviez vu notre misère ! Des formes fantomatiques glissaient le long de murs ébréchés. Des hommes tombaient de fatigue. Des femmes mouraient de faim et de soif parce qu'elles avaient trop de fois donné à leur enfant la ration qui leur était destinée. La puanteur recouvrait tout. Les lépreux, enfermés dans une bicoque jouxtant le château, demandèrent à Guilhem de ne plus leur attribuer la moindre nourriture. Leur chemin touchait à sa fin !

Impitoyables, les mouches continuaient leur détestable labeur de contamination… Des malades agonisaient dans tous les coins. On jeta les cadavres par-dessus les murailles et on laissa sortir les chevaux devenus inutiles.

Un samedi, Gui d'Escayrol, faidit des Corbières, nous exhorta de prier pour lui. Avec d'autres chevaliers, il allait tenter une action destinée à enrayer la Malvoisine.

— Au bénéfice de la nuit, nous monterons jusqu'au maudit mangonneau, puis nous y mettrons le feu. Ainsi, l'ayant rendu inutilisable, nous pourrons dégager le puits et donner de l'eau à tous ces malheureux.

« C'est une folie ! » s'écria Picoulet. Il s'expliqua :

— Accrochés à cette falaise, pendus entre ciel et terre, vous ne serez rien d'autre que de bonnes cibles pour nos ennemis. Les arbalétriers vous cloueront en moins de temps qu'il ne faut pour le dire. Mon pauvre Gui, c'est courageux de risquer sa vie de la sorte, mais ce sera un véritable suicide.

— C'est inutile, car même si vous atteigniez la Malvoisine, rien ne dit que vous pourriez la brûler, elle est bien gardée, et surtout, une fois l'alerte donnée, toute fuite vous serait impossible, ajouta Pons, ses deux mains pieusement jointes.

Guillotte ne disait mot, mais ses lèvres tremblaient. Dans la salle basse où nous nous trouvions, un profond silence régna soudain. Chacun cherchait sans doute les arguments les plus adaptés à la situation. Pourtant, nous le savions désormais, notre Gui ne renoncerait pas.

Les chocs terrifiants des boulets contre nos murailles nous parvenaient étouffés. Cependant, ils nous blessaient tout autant que si nous avions été sur les courtines. Au bout d'un interminable moment d'anxiété collective, Gui se tourna vers Pons, et lui fit cette étrange demande :

— Donnez-moi la convenanza, je vous en prie !

En cette époque de guerre, la « convenanza » s'imposait, car souvent les soldats qui auraient aimé recevoir la consolation, mouraient avant le sacrement suprême.

Pons accéda à sa demande et le chevalier se retira, non sans nous avoir longuement embrassés, nous ses amis.

Le lendemain soir, en compagnie d'un petit groupe de soldats guidé par un berger, le fils de Peyre Barthe, Gui escalada la montagne afin d'incendier la Malvoisine, ainsi qu'il nous l'avait promis.

Nous nous étions réunis dans une maison de « Bons-Chrétiens », afin d'aider par nos prières, à la réussite de cette opération dont nous savions à l'avance qu'elle serait extrêmement périlleuse, voire irréalisable. Par une meurtrière, nous pouvions observer la grande « baliste » qui se découpait, majestueuse sur un fond de ciel gris. Alors, lorsque nous vîmes les flammes s'élever dans le soir, nous ne pûmes retenir un cri de joie. Hélas, notre bonheur fut de courte durée, car presque immédiatement, les flammes déclinèrent, et la flèche immense de la perrière réapparut, dressée tel un monument élevé à notre perte. L'opération avait échoué, et le mangonneau n'avait connu que de légers dommages.

Nous attendîmes longtemps le retour de Gui. Il ne réapparut jamais. On nous raconta qu'il était tombé sous les flèches d'une sentinelle, sans avoir pu se défendre. Barthe, lui non plus, ne revint pas de sa mission. Plus tard, un des survivants nous raconta qu'un loup avait tenté de venir en aide à Gui, mais à part nous, nul à Minerve ne crut en cette histoire.

Une immense tristesse s'abattit sur la ville. Cette disparition marqua le début d'une terrible période. L'échec de l'entreprise signifiait la reddition de Minerve.

Nous, fugitifs de Durban, nous connûmes le plus triste moment de notre vie.

*

Nous étions aux environs du vingt juillet, l'absence d'eau obligeait les plus hardis à tenter d'aller remplir leurs outres dans le lit de la Cesse ou du Rian. Peu en revenaient, mais qu'importait, à choisir, la mort violente leur était plus douce que le trépas dû à la soif et à la maladie.

Dans les rues de Minerve, une sorte de colère montait. Certains reprochaient aux « Bons-Hommes » d'être responsables de la situation. D'autres accusaient leur Seigneur Guilhem d'inefficacité. Nul n'ignorait désormais que la capitulation était inéluctable. La mort faisait son œuvre dans chaque maison, les places s'emplissaient de mourants ou de cadavres.

Après avoir réuni son conseil, Guilhem alla parlementer avec Montfort et Arnaud Amaury. Plusieurs péripéties, au cours desquelles il dut baisser ses prétentions, conduisirent Minerve à une capitulation quasi inconditionnelle. Les hérétiques seraient brûlés, à l'exception de ceux qui accepteraient de revenir au sein de l'Église Catholique.

Les portes de la cité s'ouvrirent en grand à des hordes d'assiégeants qui se déversèrent telle une vague folle, dans les rues et les places de notre ville. Les bannières catholiques se dressèrent sur les courtines, ou aux fenêtres des maisons. Des soldats croisés chassèrent les habitants de chez eux, signifiant de la sorte que la ville leur appartenait désormais.

Il fallait le voir, le peuple de Minerve, meurtri, écrasé, errant sans but dans les venelles. Il fallait les voir, les paysans, désolés, pleurant leur liberté perdue. Le dos courbé, la tête penchée vers l'avant, ils allaient sans but, enivrés de malheur. Ce fut une épreuve plus ignoble encore que la soif ou la faim, de voir ces pèlerins envahir la ville en chantant un *Te Deum Laudamus* détestable.

Le Lion de Montfort flotta au donjon du château et les évêques remirent en service la vieille Église Saint-Étienne, abandonnée depuis longtemps.

Ce jour-là, ils crurent à leur victoire sur l'hérésie.

Ignoraient-ils que l'Esprit ne meurt jamais ?

« Bons-Hommes » et « Bonnes-Femmes », parmi lesquels Saissa, Aude, Guillaume et Pons, se rassemblèrent dans deux pièces, l'une destinée aux hommes, l'autre réservée aux femmes, afin de redire à Dieu leur attachement. Leur sort nous inquiétait terriblement. Parfois, au milieu d'un chahut invraisemblable de vivats mêlés de pleurs et de cantiques, leur prière nous parvenait pure et belle. Par respect pour leur parole, Montfort, le chef de croisade et Amaury le légat du pape, accompagnés d'un « moinillon » nommé Dominique, tentèrent de les faire renoncer à leur foi, mais rien ne sut les convaincre, ni les menaces, ni l'appât de la liberté.

Les habitants de Minerve assistèrent avec effroi à la construction du bûcher dressé au confluent de la Cesse et du Brian. Même si certains avaient accusé les « Bons-Chrétiens » d'être la cause de leurs malheurs, la majorité d'entre eux n'acceptait pas leur sacrifice. Un ouragan de révolte passa sur la ville ! Mais les ennemis étaient trop nombreux…

Partout, les galvaudeux dévalisaient les granges encore intactes, détroussaient de riches artisans et « forçaient » à l'occasion quelque belle hérétique. La terreur régnait sur cette cité qui avait connu tant d'amour ! Le couteau et le pal remplaçaient maintenant les Saintes Écritures… Les curés en soutanes sales prêchaient sur les places à des paysans qui n'écoutaient pas. Les gens d'ici étaient-ils prêts à renier leur religion ?

Certes non, ils faisaient seulement semblant, du bout de l'âme…

*

Le ciel de Minerve s'était soudain obscurci. Les oiseaux l'avaient totalement déserté, sauf peut-être cet aigle noir qui tournoyait sans cesse au-dessus de la cité. De nombreux habitants avaient pris la direction de la rivière, afin de boire tout leur soul, et de laver enfin leur corps couvert de pestilences. Ils baissaient la tête, afin de ne pas voir le spectacle insupportable de ces pèlerins brandissant la croix, de ces chevaliers croisés galopant sur les chemins, de ces religieux engoncés dans leur tenue d'apparat.

Soudain la foule poussa un cri déchirant : *« Les voilà, les voilà ! »*

Nous étions le vingt-deux juillet de l'année mille deux cent dix, la colonne de « Bons-Hommes » emprunta la calade qui descendait vers la poterne, entourée d'une masse de pauvres gens en larmes. Tout le peuple de Minerve se trouvait là, plus présent que jamais, le cœur raboté par tant d'injustice. Il faisait corps avec les futurs martyrs ; certains suivaient même les suppliciés… Il ne disait rien, sinon des phrases silencieuses, prononcées avec le cœur…

Au passage de la triste colonne, tous les habitants faisaient un signe de tête en guise de « meilhorer ». Les condamnés chantaient un hymne à leur Dieu. Les pèlerins leur répliquaient par des psaumes catholiques… et riaient les soldats… et jubilait Arnaud Amaury le légat du pape Innocent III…

Roulée dans sa tunique ornée de nombreux talismans et amulettes, Guillotte essayait de me tenir éloigné du cortège des sacrifiés. J'avais peur ! J'avais mal ! Encore enfant, je ne mesurais pas bien la portée de ce qui se jouait devant moi, mais j'avais néanmoins la certitude qu'un grand malheur s'abattait sur nous.

Déchirés par le chagrin, serrés les uns contre les autres, ceux de Durban criaient leur amour à Pons, à Aude, Saissa et Guillaume Malet, leur adressaient des mots de soutien, les imploraient de prier pour eux, lorsqu'enfin leur âme serait délivrée de sa prison de chair. Ils les accompagnaient sur le chemin du sacrifice. De leurs gorges sortaient des gros sanglots. Partout c'étaient des hurlements, des pleurs. Des femmes s'écroulaient, la face contre terre, et le corps subitement animé d'effrayantes secousses.

Soudain, ma tante et moi fûmes entourés d'une troupe compacte de soldats catholiques qui, à l'évidence, agissait sous les ordres d'un gros curé de notre connaissance : Chamailloux.

— C'est elle, hurla l'abbé d'une voix où perlaient des accents de haine, un doigt vengeur pointé sur ma tante.

Les soldats saisirent ma chère Guillotte, lui lièrent les mains et la forcèrent à rejoindre les rangs des suppliciés. Bien sûr nos amis tentèrent de s'interposer, mais ils furent sévèrement écartés, et ma pauvre tante se vit contrainte de marcher vers le bûcher. Dire que le monde s'écroula autour de moi, ne dépeindrait que très partiellement la détresse qui m'envahit alors. *« Guillotte, Guillotte reviens »*, criai-je de toutes mes forces. Tout se bousculait dans ma tête. Je frappai l'un des gardes à coups de poing, croyant naïvement que cela suffirait à délivrer la prisonnière. Ce fut pire que la mort. Pire que le supplice du fouet, pire que la souffrance ressentie lors de la mort des miens. La pauvre femme ne se rebella pas, elle savait toute révolte inutile. Elle eut seulement à mon intention un long regard nimbé d'une infinie tendresse. Certaines de ses paroles me revinrent à l'esprit : *« Parce qu'on me trahira, fils…* » La prophétie venait de se réaliser.

Bernard, notre Comte, essaya de parlementer avec un capitaine. Il n'ignorait pas que ses chances de réussite étaient dérisoires, mais il tenta de défaire par des mots appropriés, ce que la haine venait de tricoter :

— Laissez-la, laissez-la, elle n'est point hérétique, ce n'est qu'une brave soigneuse.

Le sale curé de Durban intervint alors, poussé par de diaboliques desseins :

— Hérétique elle ne l'est guère j'en conviens, mais simoniaque de premier ordre, et amie du malin, sans aucun doute… D'ailleurs, il me semble, que vous et votre dame avez déjà pris sa défense, il y a loin, en votre bastide ! Cela devient une habitude, une mauvaise habitude !

Le religieux frétillait. Son visage boursouflé, déformé par le mépris, ressemblait, au milieu de cette fumée, à celui d'un Diablotin.

— Je te l'avais dit Guillotte du Diable, je te l'avais dit qu'on se retrouverait à l'heure de tout expier.

Ma tante fit mine de ne rien entendre. Elle se retourna doucement vers Bernard et, me désignant du menton, lui cria :

— Maintenant c'est votre fils Seigneur Bernard, protégez-le comme tel, je vous prie !

Le Comte hocha la tête en signe d'assentiment. Alors, Guillotte s'en alla vers la mort, rassurée…

À partir de cet instant-là, les images s'entrechoquèrent dans ma tête. Je vis des flammes, une colonne de « Bons-Hommes » et de « Bonnes-Femmes », les mains attachées… Ma tante avançait vers la mort, au milieu de « Bons Chrétiens » enchaînés, et entourée de Pons, d'Aude, de Guillaume et Saissa Malet, résignée… Des gens pleuraient, d'autres chantaient des hymnes à un Dieu qui n'était pas le nôtre. De toutes parts montaient des lamentations. Les mains se tendaient vers le ciel, des implorations fusaient, dirigées unanimes vers le Très-

Haut. De temps en temps, les soldats devaient faire usage de leurs armes pour repousser des paysans récalcitrants. La colère grondait. C'était un flot impétueux fait d'injures, d'apostrophes directes adressées à Montfort ou à ses capitaines. C'était un murmure permanent jailli de mille gorges.

Tout à coup, le jeune Peyre Marty s'arracha à notre groupe, et rejoignit en courant la file des « Bons Chrétiens », dans laquelle se trouvait son Aude... Il se plaça à ses côtés, et marcha lui aussi, vers les flammes, sans écouter les cris des siens... Le jeune homme n'entendait rien d'autre que l'appel de son propre cœur.

Des craquements, une fumée noire, une terrible puanteur... Bernard me tenait serré contre lui...

À partir de là, ma vue se brouilla, et je ne perçus de l'horreur que quelques images floues et un salmigondis de voix mélangées et d'oraisons pathétiques. *« Alors,* m'expliqua Bernard de Durban qui se fit quelques années plus tard, le rapporteur de ce terrible événement, *les condamnés se sont jetés dans le foyer sans hésiter, transfigurés par leur amour de Dieu. Bon nombre de pèlerins ont admiré cet extraordinaire courage ».* Il me raconta que nos deux amoureux sautèrent ensemble dans les flammes, unis en un seul corps. Ma tante s'élança dans le foyer aux côtés de Pons.

— Guillotte va-t-elle rencontrer mes parents au pays de la blancheur immaculée ? demandai-je à Bernard.

— Certes, là où elle va, ils sont déjà, et nous irons tous...

— Là-bas, les reverrons-nous ?

— Oui Amiel, j'en suis certaine, m'assura Mathieue.

Je fus un peu soulagé de savoir que père et mère attendaient ma tante en leur nouvelle demeure, et qu'un jour, lorsque Dieu le voudrait, nous nous retrouverions. J'espérais que ce jour viendrait bientôt.

Il va sans dire que l'image de Guillotte n'a jamais

déserté ma mémoire, au même titre que celles de mes parents, de Gui, d'Aude et Peyre, des Malet, de Pons et de tous mes amis… Je mis de longs mois à me remettre de cette tragédie qui d'un seul coup m'enleva tant d'aimés. Mais suis-je vraiment remis ?

Le lendemain, des flammes gigantesques, plus hautes que des montagnes, dévastèrent le causse. Les soldats de l'Ost infâme, avant de quitter Minerve, avaient décidé d'incendier la garrigue, afin que de ce pays ne demeurassent que des cendres. En plein jour, ce fut la nuit au-dessus de Minerve. De lourdes fumées empuantirent la campagne et, s'accumulant en une sorte de dais démoniaque, plongèrent le pays dans les ténèbres. Et cette odeur mes amis ! On eut dit que toutes les puanteurs de la création s'étaient données rendez-vous par ici. Nous avions au cœur le goût horrible du malheur. « Pourquoi l'homme peut-il faire autant de mal à son semblable ? » me demandai-je. Je ne comprenais pas très bien la nature des êtres. Aujourd'hui, je sais. Je sais que le Diable habitant les corps peut parfois en chasser l'âme pure et lui substituer un esprit malin. Voilà ce que je sais ce jourd'hui, mes amis, voilà ce que je sais !

Tout à coup me vint à l'idée que notre gris, habitué de ces collines, risquait de brûler avec les halliers des fossés dans lesquels il se remisait. Je m'en ouvris à Bernard qui, dans sa grande sagesse, me réconforta :

— Si ce gris est l'être que nous croyons, il ne peut rien lui arriver, sa nature le tient à l'abri de tous les dangers terrestres.

— Quelle est donc sa nature ?

— Il est Esprit Amiel, un pur Esprit du bien. Voilà pourquoi il ne risque rien du fait des hommes.

Cette réponse si simple m'apporta plus de sérénité que ne l'eussent fait de longs discours. Je n'arrivais pas à me représenter ce que pouvait bien être cet être hurlant composé d'Esprit. Toutefois, pour l'heure, je me contentais de cette explication.

*

À Guilhem on attribua des terres en Biterrois. Il s'y sentit à l'étroit, et ce n'est pas un hasard, si quelques années plus tard, on retrouva sa famille aux côtés des Trencavel, des Termes, des Barbaira, et de nombre d'autres seigneurs, au cours de la guerre de reconquête.

On me narra tant de fois le bûcher de Minerve que je revois comme si j'y étais toujours, ces chairs fumantes, ces yeux rognés par des langues de feu, ces cheveux s'enflammant telles des torches.

Tout autant que celui de ma tante, le sacrifice de Peyre Marty me déchira le cœur. Jamais je n'aurais pensé que l'on pouvait ainsi s'immoler pour l'amour d'une femme… jamais ! Le visage juvénile du petit écuyer roda autour de moi tout au long de ces années. Aujourd'hui, je l'aime autant qu'au premier temps de notre exode…

À dater de ce jour, la Comtesse devint ma nouvelle mère, et Bernard mon père adoptif. Nos sorts allaient se mélanger jusqu'à leur disparition qui survint au cours de l'année mille deux cent vingt-six où une sale maladie de poitrine les enleva tous les deux à mon affection. Je leur dois tout, mon noviciat à Toulouse, une grande tendresse, une éducation enviable.

*

Au lendemain du drame, mes nouveaux parents et moi quittâmes Minerve en y laissant quelques-uns de nos amis. Toulouse nous attendait, elle nous accueillit à bras ouverts. Au pied du bûcher, j'avais fait le vœu de servir

Dieu, j'employai le restant de ma vie à le réaliser.

Juste avant notre départ, nous rencontrâmes un paysan qui rentrait d'un voyage sur le plateau. Ce qu'il nous raconta, encore tremblant d'excitation, nous renversa :

— Là-bas, sur le causse, deux loups m'ont accompagné presque jusqu'aux portes de la ville…

— Deux loups ! s'était écrié Bernard.

L'homme nous avait juré avoir vu deux gris, l'un assez gros, et l'autre plus petit. *« Un mâle et une femelle sans doute »*. Les animaux l'avaient suivi jusqu'à mille pas de la poterne. *« Pour m'escorter »*, avait-il assuré.

Une fois le paysan parti, Bernard, les yeux plantés sur les fumées qui s'élevaient du causse, lança :

— Il n'est donc plus seul désormais…

Une idée folle avait germé en mon esprit :

— Vous croyez que c'est ma tante, l'autre loup ? avais-je demandé à mon nouveau père.

— Je ne sais pas ces choses-là petit, mais l'apparition de ce second gris me paraît bien étrange… bien étrange…

Nous en avons causé longtemps, de l'affaire des deux gris aperçus dans la garrigue calcinée. D'ailleurs, à dater de ce jour, ces deux animaux croisèrent souventes fois ma route. Je les vis même à Montségur, et il me semble bien les avoir aperçus aux alentours de Crémone.

*

J'appris bien plus tard que Jehanne Marty mourut de chagrin peu de temps après le bûcher de Minerve, et que Simon, son mari, se fit « Bon-Chrétien ». Il trouva à son tour la mort à Lavaur, en compagnie de quatre cents « Bons-Hommes », dans un foyer ignoble dressé lui aussi par Montfort. Authier ayant perdu son épouse lépreuse, avant même de quitter Minerve, partit en croisade en

Égypte, où il périt de la peste dans le port de Damiette en mille deux cent dix-neuf. Suite au décès de son fiancé Bertrand, poignardé par des routiers sur la route de Montségur, Marquésia prit l'habit dans une maison de « Bonnes-Chrétiennes » à Foix.

Quant aux autres, les Lasbordes et les Cathala, on m'a rapporté qu'ils rejoignirent Durban, ou tentèrent de le faire.

Chamailloux, le sale abbé, fut attaqué par des bêtes sauvages quelque part en Minervois, et il perdit la vie. La légende raconte que deux loups gris furent à l'origine de sa fin tragique, mais vous savez, amis, ce que valent les légendes !

CHAPITRE XXXII

Crémone, septembre 1244

Peyre Landry m'a parlé des martyrs de Montségur. Voici, raconté avec mes mots, ce qu'il tenta de me dire dans un très mauvais patois : *« Le seize mars, la citadelle des purs était envahie de soldats étrangers. Il y eut des pleurs et bien des soupirs. On distribua de l'eau aux civils et aux combattants. Les hérétiques furent réunis dans le donjon, en attendant l'heure de leur sacrifice. C'est peu dire que la tristesse galopait sur le pog comme un chien fou. À la colère s'ajoutait un profond abattement.*

Et si certains habitants de Montségur, cherchaient encore dans le lointain les colonnes d'une armée amie, ou dans le ciel un signe évident d'un soutien divin, les dés en étaient jetés. Même un miracle n'aurait pu sauver Montségur.

En bas, au pied de notre montagne sacrée, les gens de l'évêque d'Albi préparaient un grand enclos rempli de fagots de mort-bois, dont il était aisé de deviner la destination ».

À cette évocation, les images terribles du bûcher de Minerve me revinrent à la mémoire. Je revis dans un songe notre colonne de suppliciés, et surtout ceux que mon cœur chérissait toujours. Les derniers mots que Guillotte adressa au Comte Bernard, les cris terrifiés de Simon Marty, la visible componction de notre cher Pons, d'Aude, de Saissa et de Guillaume, l'amour de Peyre envers sa mie, occupèrent mon esprit, et me tirèrent les larmes. Peyre Landry respecta mon émotion. C'est lorsque mon souffle se calma, qu'il continua son récit : *« Le prélat catholique essaya sans conviction de convertir les hérétiques. Il n'y parvint pas, malgré la peur de la mort qui animait les plus faibles d'entre les consolés. Les Bons-Hommes descendirent alors en procession. Les cantiques emplissaient la campagne. Une épaisse fumée blanche s'élevait déjà, et parfois, au travers des feuillages, ceux du castel percevaient la lame rouge d'un bûcher ».*

L'écuyer ne sut me nommer tous les martyrs, mais la liste qu'il me fit, ne me surprit en rien. Il continua sa triste litanie : *« Sur les pentes, de l'endroit où je me trouvais, je vis passer Bertrand Marty, Peyre du Mas, le sergent Garnier, Arnaud-Raimon Gaut, Marquésia Hunaud de Lanta, Étienne Isarn, Pons Capeille, Guiraude de Caraman… »* Chaque fois qu'il citait un nom, c'était un coup de poignard qu'il m'assénait. Pourtant, j'avais envie d'entendre de sa bouche le récit du drame auquel, par la volonté de notre évêque, j'avais échappé. Sans s'apercevoir du mal qu'il me faisait, Peyre poursuivit : « … *Clamens, Jean de Combel, le sergent Arnaud Domergue, Guillaume Delpech, Arnaud des Cassés, Jean Lagarde, le chevalier Raimon de Marceille, Guillaume d'Issus, Bernard Guilhem, Maurine, Braida de Montserver, Arsende Narbona et son concubin Pons, Guillaume Peyre, Guillaume Razoul, Alazaïs Raseire… »* Soudain, l'émotion qui l'étreignait depuis le début de son compte rendu redoubla. Je le vis blêmir, sa voix chancela, il avait du mal à continuer. Je l'aidais :

— Et ton maître, Guillaume Lahille ?

— Mon maître aussi, aux côtés de sa sœur Bruna…

Un sanglot lui serra la gorge. Cette nouvelle fut un coup terrible. Elle ramena à mon esprit de longues discussions amicales partagées avec ce preux chevalier, des nuits de prière et de très nombreux repas pris en commun. Elle me rappela les angoisses dans lesquelles, à cause de lui les combats m'avaient plongé. Je fus envahi d'une peine immense. Un peu plus tard, après une bonne rasade de vin, et une assiette d'un excellent pâté de poisson, le pauvre homme compléta cette liste morbide : *« Taparel, Peyre Robert, le marchand, Raimon de Saint Martin, Peyre Sirven, Rixende de Teilh, Arnaud Teuly, un des derniers messagers arrivés sur le pog, Raimon de Niort, Corba et Esclarmonde de Péreille, que l'on dut porter à cause de son infirmité, Saissa du Congost »*… Le nom de Congost m'arracha de nouveaux sanglots. Les jours heureux de Puivert resurgirent en moi. Je revis Guillotte et tous mes amis. Je revis Peyre et Aude, pauvres enfants du malheur. Mais ce n'était pas tout. Peyre Landry égrena encore : *« Raimon de Tournebouix, Pons Aïs, le meunier, l'arbalétrier Raimon Belvis, Raimon Agulher, le sergent Arnaud Bensa, Étienne Boutarra, le faidit Brézilhac de Cailhavel… »* Peyre sc tut un long moment, pour réfléchir encore, mais sa tête était creuse ; de plus, le souvenir de son maître le tourmentait… Ultérieurement, j'appris que deux cents martyres avaient brûlé au pied de Montségur. La liste du petit écuyer était loin d'en faire le tour.

À Crémone, c'est à la manière d'une terrible offense que cet holocauste fut ressenti ! Heureusement, la foi en notre Dieu nous permit de surmonter l'épreuve. Maintenant nous savons que partout où elle se cachera, notre religion sera pourchassée.

L'inquisition fait des ravages dans nos rangs, les populations contraintes reprennent le chemin des Églises Catholiques. La pression exercée par Rome dépasse de loin nos prévisions les plus noires. Notre pays est maintenant la France et il ne se trouve, pour résister à l'offensive croisée, qu'une belle forteresse, dressée sur un piton rocheux inaccessible : Quéribus, sous les ordres de Xabert de Barbaira, celui-là même qui nous avait accueillis, aux premiers jours de notre exode… Depuis Durban, le temps a passé, un temps ô combien attristé, mes amis, un temps ô combien attristé !

ÉPILOGUE

Une fois éteint le bûcher de Minerve, la guerre ne cessa point, bien au contraire. De Toulouse où nous nous étions établis, je fus le témoin privilégié des événements. La ville des « Raymond », une cité accueillante et ouverte à tous, demeura pendant quelques années un havre de paix où nous pûmes tenter de cicatriser nos plaies. Certes, nous n'avons rien oublié des malheurs passés, cependant, au contact des nombreux « Bons-Chrétiens » qui vivaient ici, nous avons réappris à vivre.

Des messagers entraient à Toulouse, porteurs souvent de désolantes nouvelles. Ainsi, nous avons pu suivre jour après jour, la situation de notre pays. L'armée de Montfort avait quitté le Minervois et s'était avancée vers Termes où une citadelle plus solide encore l'attendait. Le siège dura quatre mois, les combats furent acharnés. Les résistants reconstruisaient inlassablement les murs détruits par les mangonneaux catholiques. Hélas, les réserves d'eau s'infectèrent, et l'empoisonnement eut raison des défenseurs. Raymond de Termes fut pris et mourut en prison. Ses deux fils eurent la chance de pouvoir s'échapper ; ils rejoignirent la cour d'Aragon où on les prit en charge. Une fois le succès assuré, les assiégeants se lancèrent à l'assaut de Lastour et de ses trois châteaux, dont les Seigneurs se rendirent sans combattre. Le cinq mai mille deux cent onze, Montfort porta le siège devant Lavaur qu'il fit tomber assez rapidement, et où plus de quatre cents « Bons-Hommes » et « Bonnes-Femmes » connurent le bûcher. Toulouse devint alors la cible convoitée.

Le siège dura un mois, et devant les assauts répétés des routiers fidèles à Raimon, Simon se vit dans l'obligation de capituler. Puis, les croisés se lancèrent à la conquête du Comté de Foix. À la fin de l'année mille deux cent douze, ils s'étaient rendus maîtres des Pyrénées. L'Albigeois intéressa ensuite Montfort ; à Muret, Toulousains, Aragonais, Comtes de Foix et de Comminges unis contre l'ennemi, subirent une sévère déroute au cours de laquelle Peyre II d'Aragon trouva la mort. Là, amis, il faut dire que notre foi fut soumise à rude épreuve. En effet, Simon ne disposait que de quelques chevaliers fourbus, tandis que les nôtres, forts d'une formidable coalition, lui étaient supérieurs à dix contre un. Après notre improbable défaite, nombreux furent ceux d'entre nous qui se demandèrent vraiment si Dieu ne nous avait pas abandonnés.

Au cours du second siège de Toulouse, Simon de Monfort fut écrasé par le boulet d'une perrière. La joie éclata alors dans la cité des « Raymond », comme si ce seul fait pouvait tout annuler. Comme si cette mort avait le pouvoir de ramener à la vie les martyrs, ou de libérer le pays du joug croisé. Mais hélas, il n'en était rien, et si Amaury de Montfort, fils de Simon, leva le siège un an plus tard, il revint devant la ville en compagnie des armées du Prince Louis, le futur Louis VIII. La croisade échoua à nouveau !

Après la disparition de Raimond VI, son fils Raimond VII reprit aux croisés tous ses états. Au cours de ces années de reconquête, nos provinces crurent à nouveau en leurs chances de recouvrer la liberté, et notre religion put enfin se relever. Mais à la mort de Louis VIII, Blanche de Castille assura la régence en attendant la majorité de Louis IX, et l'enfer recommença. Les environs de Toulouse furent saccagés, et Raimon VII dut faire allégeance à l'Église Catholique.

Puis, le démon de l'inquisition tenta de décimer notre religion en instaurant la terreur et les exécutions.

Aux alentours de l'année mille deux cent quarante, alors que j'étais déjà à Montségur, Trencavel, le fils du Vicomte mort à Carcassonne, entraîna avec lui tous les dépossédés. Ils envahirent les terres royales. De nombreuses cités tombèrent sous leur coupe. Malheureusement, ils ne purent réussir le siège de Carcassonne, leur ancienne capitale, et furent chassés par l'armée de Jean de Beaumont, chambellan du roi. Raimon VII qui ne prêta pas main-forte à Trencavel, eut même l'outrecuidance de prendre le parti du roi et celui de l'Église Romaine.

Alors vint l'époque d'Avignonet, et du siège maudit dont vous savez tout… Le temps, je le sais, aura raison de nous, seul l'Esprit demeurera… Vous, mes amis du bout du temps, pensez à nous, les fous de Dieu… pensez à nous !

*

Si en vous promenant au pied du « pog » de Montségur, vous écoutez le vent, retenez votre souffle et faites silence en vos cœurs ; une oraison s'élèvera, belle, subtile. Ne vous étonnez pas amis si, venu des profondeurs de la terre, monte un cri long, un pleur ou le hurlement poignant d'un loup.

Aux soirs de lune belle, en regardant bien, vous verrez des ombres descendre de la citadelle… Les ombres des martyrs…

Aimez-les, je vous prie, aimez-les !

Adieu, Saissa, adieu Guillaume, adieu Mathieue, Aude, Peyre... Adieu Bertrand, Guilhabert, Bernard, Gui, Simon, Jehanne, adieu Guillotte, adieu vous tous qui êtes morts au nom de la liberté...

Vous resterez toujours dans nos cœurs !

Voilà, j'ai accompli mon ouvrage, je puis maintenant rejoindre mes aimés, car mon corps est usé et mon âme pressée de connaître enfin le paradis des purs, si elle l'a méritée.

Perpignan, le 16 mai 2003

LEXIQUE

Abdélun	: Le Bézu (village).
Amasias	: Concubines de faidits.
Bastide	: Village fortifié.
Bon-Homme	: Prêtre Cathare.
Chaisne	: Sorte de chemise.
Chatte	: Protection pour les sapeurs.
Consolation	: Cérémonie Cathare.
Corbeau	: Saillie de pierre.
Cotte	: Sorte de robe.
Coule	: Habit de curé.
Endura	: Jeûne rituel.
Faidits	: Chevaliers dépossédés.
Freux	: Voisin du Corbeau.
Hobereau	: Petit seigneur paysan.
Hourd	: Charpente au sommet d'une tour.
Leidas	: Encaisseurs de taxes.
Meilhorer	: Salut Cathare.
Ost	: Armée.
Paraclet	: Esprit Saint.
Pégau	: Cruche.
Roncin	: Cheval de guerre.
Saumée	: Charge d'une bête.
Sol Melgloire	: Monaie de Melgueil.
Sol Tolza	: Monaie de Toulouse.
Turlupin	: Hérétique.

T.D.O Éditions, SARL
18 rue Alfred Sauvy
66450 POLLESTRES
www.tdo-editions.fr
Email : infos@tdo-editions.fr

ISBN : 978-2-36652-028-6

Achevé d'imprimer Septembre 2013 en France
Sur les presses de la Sepec - N08484130927
Dépôt légal Juin 2013

IMPRIM'VERT®